연중무휴 김상수

연중무휴 김상수

김은혜 지음

비에이블
B.able

프롤로그를 대신하여
상수를 사랑하는 부암동 사람들

내가 아는 상수는 고양이면서 고양이가 아니다. 보통 고양이처럼 마냥 예민하지 않고, 그렇다고 애정을 갈구하지도 않는다. 입맛은 얼마나 까다로운지 먹을 것에 집착하기는커녕 되레 덤덤하다.
그래서 그럴까? 상수를 가만히 보고 있으면 묘하게 치유 받는 느낌이다. 뭔가 갑갑한 것들이 느슨해지고 보드라워진다. 이렇게 상수를 몇 년 동안 일주일에도 몇 번씩 보면서 지낸 지금. 남들한테 "나 진짜 상수랑 좀 친해."라고 말할 수 있을 정도의 사이가 됐다. 상수를 아는 사람들이 다들 하는 일방적인 생각일 수 있지만, 아무튼 난 상수랑 좀 친하다.
내가 "상수야"라고 부르면 "야옹" 대답해주기 시작했다. 어떨 땐 먼저 다가와 내 다리에 머리를 비비며 반겨준다. 카페 문을 딸랑 울리며 들어설 때 나에게 다가오는 상수를 보면, 어쩐지 어깨에 힘이 들어가 으쓱거린다. 저 작고(?) 귀여운 생명체는 자신이 나를 알아봐주는 게 얼마나 좋은지 알까? 흐흐흐.

- 정화식(금이 오빠)

카페무네는 부암동 방앗간이다. 동네 이웃들이 만나 정다운 이야기를 나누고, 물건을 잠시 맡겨두기도 하는 곳. 이곳에는 고양이 상수가 살고 있다. 우리(나와 내 반려견 모모)의 친구인 상수 덕분에 이곳의 풍경은 정답고, 조금은 특별하다.

상수는 인기쟁이다. 귀엽다고 동네 분들이 간식을 사다 주시고, 꼬마 아이들이 혼자 와서 상수랑 놀다 가기도 한다. 동네 강아지들은 산책하다가 카페 통유리창 너머로 인사하거나, 이곳에 들어오고 싶어 가던 길 멈추고 버티기도 한다.

이 아름다운 것은 전부 상수가 만들어주었다. 부암동에서 제일 귀여운 고양이, 내 친구 상수. 아프지 말고 건강하게 오래오래 살자. 상수야, 사랑해.

- 박태형(모모 형아)

부암동을 걷고 있으면 다행스러운 마음이 든다. 부암동에는 나의 작업실이 있고, 집이 있고, 상수가 있다. 급박한 서울 한복판에 이렇게나 평온한 동네가 있다니. 하지만 평온해 보이는 부암동과 달리, 나의 속마음은 그저 '불안과 분주의 뒤범벅'일 때가 많다. 그것을 알아차렸을 때, 상수를 만나러 간다.

상수를 만나는 시간은 오전 11시가 적당하다. 카페 직원분의 말에 따르면 상수는 첫 손님에게 가장 친절하단다. 복작거리는 마음으로 카페 문을 열면 상수가 어슬렁어슬렁 걸어와 정강이 어디쯤 머리를 비빈다. 내 바쁜 일상이 무색하게, 느린 걸음으로 다가온다. 그리고 어떤 상념도 없다는 듯 느린 움직임으로 나의 다리 밑에 드러눕는다. 평온하다.

무언가 정이 좀 통하는가 싶다가도 상수는 훌쩍 창가로 뛰어 올라가 창밖을 바라본다. 묘한 배신감과 서운함이 들지만, 덕분에 나도 쿨하게 그날의 작별 인사를 한다. 카페를 나와 창밖에서 다시 상수를 본다. 상수의 어슬렁어슬렁한 고요가 창 너머 있다. 네가 여전히 그곳에 있어 참으로 다행이다.

- 박인혜(국악인)

첫 고양이로 태평하고 느긋한 상수를 만났더니, 난 세상 모든 고양이가 다 상수 같은 줄 알았다. 처음 가는 공간에도 바로 적응해 여기저기 구경한다거나, 주목받으려는 듯 발라당 선보이는 관종짓까지! '묘연'이라는 게 있다더니…. 지금 생각해보면 서툴렀던 우리에게 와준 게 감사할 따름이다. 출근이 기대되고 야근도 거뜬했던 건, 옆에서 듬직하게(?) 졸고 있던 상수 덕분이었다, 상수야, 존재만으로도 위로가 되는 넌 사랑이야. 앞으로도 함께하자. 오래도록!

- 유하나(상수 둘째 누나)

"악, 무서워!" 사무실에 앉아 있다가 상수를 보고 내뱉은 첫 마디. 길에서라도 우연히 고양이를 마주하면 둘러가는 게 일상이었다. 그런 나를 배려라도 하듯 상수는 묵묵히 곁에 함께 했고, 천천히 다가왔다. 오늘도 내 책상으로 올라와 만져달라고 요리조리 뒤집는 걸 보니 반갑고 기쁘다. 아, 어제도 잘 잤구나! 오늘도 아픈 곳은 없나 봐!
내 인생 '동물'이라는 카테고리에 사랑을 심어준 상수. 상수뿐만 아니라 모든 털복숭이 친구들이 오늘보다 즐거운 내일이길. 앞으로도 사랑만 받으며 무탈한 '안녕'이길 바라며.

- 신다항(상수 인간 효자손)

차례

상수야, 나를 물어 줄래?

보송보송 노랗고 하얀 털을, 고양이치곤 묵직한 8kg의 폭신함을 온몸으로 감싸고 싶을 때가 있다. 그때가 언제냐면… 글쎄, 무언가 내 곁에서 숨 쉬고 있다는 걸 느끼고 싶을 정도로 우울함이 밀려올 때? 허망한 기분이 들 만큼 무기력할 때? 혼자만의 동굴로 들어가고 싶을 때?

우울은 가벼운 슬픔이다. 약간의 반성과 약간의 아쉬움이 섞여 있다. 쉽게 드러나지 않는 감정이다. 색깔은 조금 어두운, 마치 그림자 같다. 지금 와서야 느낀 건데 상수를 입양하기 전 나는 꽤 우울했다. 오랫동안 교육 일을 하면서도 무언가 제대로 한 건 하나도 없는 기분이었다. 후회까진 아니었지만 아쉬웠다. 의미 있는 일을 해야 한다는 강박과 그렇지 못한 현실. 그 사이에 뭐라 이름 붙이지 못한, 비어있는 공간이 있었다.

평범한 하루지만 위로가 필요한 밤이 있다. 나는 종종 우울감이 밀려오면 사무실 보라색 빈백에 주저앉아 생각에 잠긴다. 도저히 답을 찾지 못할 것 같을 땐 눈 감고 한참을 더 누워 있었다. 생각이 꼬리에 꼬리를 물어 잠들려고 할 때쯤 상수의 울음소리가 들린다. 눈을 반쯤 뜨면 상수가 나를 빤히 쳐다보고 있다. 뭐해? 괜찮아? 살아 있지? 내가 별다른 반응이 없으면 어슬렁어슬렁 걸어와 다리에 털을 비비기 시작한다.

귀엽게 나를 위로하는 이 작고 소중한 생명체를 보고만 있는 건 고문 아닌가. 그렇게 누워 있는 상수를 꽉 안아 버린다. 이렇게 매일 상수를 안으며 위로받고 싶다. 요즘도 저 귀여운 생명체와 눈이 마주칠 때마다 어떻게 안아야 허락해주시려나 눈치를 본다.

상수는 어떨까? 사실 고양이들은 안기는 걸 별로 좋아하지 않는다. 물론 나도 알고 있다. 그럴 때마다 상수에게 말한다. "어떻게 너 좋은 것만 하고 사니." 눈치 빠른 상

수는 집사가 자기에게 과한 관심을 보이며 다가오면 도망갈 자세부터 취한다. 이때 타이밍이 중요하다. 오른손으로 엉덩이를 받치고 왼손은 앞발 사이에 넣어 재빠르게 들어 올려야 한다.

'좋아! 자연스러웠어!'라고 생각하는 순간 집중해야 한다. 조금이라도 긴장을 풀면 상수는 비웃기라도 하듯 벗어나려 몸부림을 친다. 그때 전완근에 힘을 주고 아주 살짝 누르면 이놈의 집사가 놓아주지 않을 거라는 걸 안다는 듯, 모든 걸 내려놓는다는 표정으로 5초 정도 가만히 있는다. 아니, 있어 준다는 표현이 맞다. "그래. 안아라. 츄르 주니까 5초 정도는 참아줄게." 하는 표정으로 말이다.

나에게 위로가 되는 그 순간, 상수는 어떤 마음일까. 상수에게 그 '5초'는 무엇일까. 일종의 사회생활? 생존 법칙? 밥 주고 똥 치워주는 집사에 대한 최소한의 예의? 뭐든 상관없다. 5초라도 참아주는 것에 감사할 따름이다. 하지만 이기적인 행복은 오래 가지 않는 걸까. 팔의 힘이 아주 조금이라도 풀리면 상수는 이때다 하며 바로 탈출을 시도해버린다. 매정한 자식…. 그나마 다행인 건 상수가 싫어하는 게 내가 아니라 안겨 있는 상태라는 것이다.

"여기 고양이 좀 치워줘요."

상대방은 좋아하는 것인데 나는 너무 싫을 때가 있다. 그래도 살아가야 하니 맞춰줘야 하는 경우가 있다. 어느 날 키도 목소리도 큰 남자 손님이 문을 과하게 열정적으로 열고 들어왔다. 대뜸 커피 파냐고 물어보더니, 고민 없이 안쪽 자리에 다리를 꼬고 앉았다. "여기 아이스 커피 하나 주세요." 마치 화난 것 같은 표정으로 '앉아서' 주문했다.

우리 카페는 보통 손님이 카운터에서 주문과 결제를 먼저 하고 나서, 메뉴가 나오면 직원이 손님께 갖다 드린다. 가끔 걸음이 불편하거나 부득이한 경우에는 자리에서 주문받기도 한다. 이 손님 역시 부득이한 상황이라 생각하고 자리에서 주문을 받았다. "손님, 주문은 카운터에서 해주시겠어요?"라고 말하고 싶었지만, 일단 참기로 했다.(+1초)

괜히 피곤한 상황이 만들어질 것 같았다. 20년차 서비스 강사의 짬밥이라고나 할까. 그냥 본능적으로 그런 느낌이 있다. 원하시는 대로 아이스 커피 아니 정확히는 아이스 라테를 내어 드렸다. 앉은 자리에서 바로 반을 원샷 하신다.

"설탕은?"

'응? 설탕은? 이건 혼잣말인가? 반말인가?'

마치 외줄 타는 것처럼 불안하다. 일단 참는다.(+2초)

여기서 결정적 한 방. 카페 뒤쪽 공간에서 낮잠 자던 상수가 손님 쪽으로 어슬렁어슬렁 걸어왔다. 고양이 카페인 걸 몰랐던 손님은 상수를 보고 미간을 약간 찌그러뜨린다.

"고양이 좀 치워줘요."

'뭐? 뭘 치워? 내가 잘못 들었나?'

부들부들 떨리는 마음을 가다듬고 물었다.

"여기 고양이 카펜데 불편한 거 있으세요?"

"불편한 건 없고 그냥 내가 싫어서 그래."

'반말은 옵션인가?'(+3초)

매뉴얼에 따라 손님이 상수를 너무 귀찮게 할 때는 위층으로 분리한다. 하지만 고양이를 싫어하는 손님에게는 해당하지 않는다. 애초에 여긴 고양이 카페인데…. 구구절절 설명하고 싶지 않아 상수를 뒷공간에 두고 방묘문을 닫았다. 다행히 그 손님은 성격만큼이나 빠르게 커피를 마시고 원래 없던 사람처럼 사라졌다. 10분도 안 되는 시간 동안 5초 플러스, 5초 플러스…. 꽤 많이 참았다.

반추하지 않으면 달라지는 건 없지 않을까. 상수를 불편하다고 했던 그 손님 이후 직원들에게 혹시 같은 이유로 동물을 불편해하는 손님이 온다면 이렇게 말하라고 응대 매뉴얼을 업데이트했다.

"손님, 여기는 반려동물 동반이 가능한 카페입니다. 반려동물이 불편하다면 저희 카페는 이용하기 어려우실 것 같아요."

5초의 가해자들

우리 삶에는 다양한 '5초의 가해자'들이 존재한다. 상수를 불편해했던 손님이 귀엽게 느껴질 만큼 나에게는 수많은 5초의 가해자들이 있었다. 사회초년생 시절 고객의 웃기지도 않은 농담에 입꼬리를 바르르 떨며 웃어야 했다. 상사의 성적인 농담에 동문서답으로 상황을 모면해야 했다. 강의할 때 목이 터지게 말해도 버젓이 자고 있는 교육생에게 "많이 피곤하신가 봐요." 하며 걱정하는 척 말을 건네며 아름답게 상황을 이끌어가야 했다.

나처럼 미움받을 용기가 부족해 5초를 참아냈던 피해자들이 있다. 그 5초를 그렇게 증오했는데 위로받는답시고 내가 그 짓을 상수에게 하고 있는 것은 아닐까? 동물이라 다르다는 건 비겁한 변명일 뿐이다.

횟수는 많이 줄었지만 나는 아직도 가끔 상수를 안아 버린다. 왜? 너무 귀여우니까. 도저히 참을 수가 없다. 사실 이제 제법 무거워서 들어올리는 건 마음의 준비가 필요하다. 안아줄 수 없을 때는 가만히 있는 상수에게 조용히 다가가 엉덩이를 톡톡 두드리며 얼굴을 비빈다. 완전 충전은 아니어도 효과는 있다.

상대가 싫어하면 그 행동을 계속하면 안 된다. 안 되는 거다. 그럼 나는 왜 하는가? 이유는 간단하다. 상수가 내게 '5초의 여유'를 주었기 때문이다. 만약 상수가 처음부터 물어버리거나 바로 도망을 갔다면, 나는 진작에 상수 안는 걸 포기했을 것이다. 어쩌면 당신이 싫어하는 그 또라이도 당신에게 물려보지 않았기 때문에 그런 것일 수 있다.

지난 일을 잘 기억하지 못하고, 후회 따위 안 하는 성격임에도 아직까지 기억에 남는 또라이들이 몇 명 있다. 생각해보면 그때 그들에게 말했어야 했다. 5초를 참을 게

아니라, 5초간 물어줄 걸 그랬다. 오래도록 내 마음에 상처를 남기지 않으려면 방어했어야 한다. 진짜 몸서리치게 참기 힘들다면 용기 내서 거절해 보는 건 어떨까. 상수에게 싫으면 물어버리라고 교육할 수는 없지만, 사람에겐 가능하다. 상수야, 이젠 나를 물어줄래?

상수에게서 내 마음이 보인다면

상수의 취미는 멍때리기다. 매일 자신이 할 수 있는 가장 편한 자세로 무언가를 유심히, 강렬하게, 때론 졸린 표정으로 집중한다. 그런 상수를 본 사람들의 반응은 모두 제각각이다.

"상수 너 왜 째려보니?"

"상수야 졸려?"

"상수는 지금 아무 생각 없는 거야?"

"상수 혹시 고민 있어?"

"상수 나가서 놀고 싶지?"

'투사protection'라는 방어기제가 있다. '마음이 입은 갑옷'이라고도 표현하는데, 내가 가지고 있는 욕망이나 고민, 충동을 외부의 무언가에게 전가하는 것이다. 투사는 인간관계에서 다양하게 나타난다.

단정한 유니폼을 입고 상담실에 들어온 그녀는 '투사'로 힘들어했다. 한 고객 때문이었다. 그 일이 있은 지 벌써 10년이 지났지만, 아직도 그 목소리가 생생하다고 했다. 제일 멀리 앉은 직원의 자리까지 들릴 정도로 소리 지르던 고객은 그녀에게 '머저리 같다.'라고 했다.

그동안 정말 다양한 고객을 만났지만, 그날의 통화는 좀처럼 잊히지 않는다던 그녀의 눈에 눈물이 가득했다. 조금이라도 비슷한 목소리를 가졌거나, 차갑고 날카로운 말투의 고객을 만나면 이유 없이 위축된다고 했다. 말투만 비슷할 뿐 친절한 고객을 만나도 '이분도 언제 어떻게 변할지 몰라.'라는 생각에서 벗어날 수 없다고 했다.

침대에 잠깐 누웠다 일어나면 아픈 기억이 지워지는 영화 '이터널 선샤인'의 주인공이 될 수만 있다면, 그 기억을 지워버리고 싶다고 했다. 설령 좋은 기억까지 다 지워진다고 해도 괜찮았다.

다른 사람에게서 내가 보인다면

나도 인간관계에서 피곤했던 마음을 상수에게 투사시킨다. 상수는 '카페냥'이다. 매일 아침 자기 방에서 집사들이 올 때만을 기다린다. 집사들이 출근하면 왜 이렇게 늦었냐고 야옹거린다. 미안한 마음에 재빨리 문을 열어주면 빛의 속도로 카페를 향해 직진한다.

상수는 카페에 완전히 적응했고 그 공간을 좋아한다. 손님이 와서 만져도 가만히 있고, 커피머신 아래에서 유유자적 낮잠을 자기도 한다. 하지만 나는 그런 상수를 보면서 가끔 미안하다. 사람들 많은 곳에서 피곤하지는 않을까. 혼자 있고 싶지 않을까. 숨고 싶지 않을까. 미안한 마음을 보상해주고 싶어 고급 캣타워를 선물하고 츄르를 주기도 하는데, 그마저도 상수가 좋아할까 고민한다.

사실 상수는 아무 생각 없다. 상수는 피곤하지 않을 거다. 똥도 잘 싸고 물도 잘 먹고 낮잠도 잘 자고 사냥놀이도 좋아한다. 누가 피곤한 걸까? 내가 피곤한 거였다. 내가 사람들과 부딪히며 피곤하니까 상수도 그럴 거라고 생각했다.

어쩐지 멍때리는 상수가 째려보는 것 같다면 지금

당신은 누군가의 시선이 불쾌하다고 느끼고 있을 수도 있다. 멍때리는 상수가 고민이 있는 것 같다면 지금 나에게 풀지 못한 숙제가 있을지도 모른다. 멍때리는 상수가 졸려 보인다면 지금 많이 졸린 것일 테고, 상수가 탈출하고 싶어 하는 것 같다면 당장 여행 계획을 짜야 할지도 모른다.

매일 듣던 음악이 조금 다르게 느껴진다면, 출근길에 항상 걸려 있는 광고판 속 아이돌의 표정이 오늘따라 특별하게 느껴진다면, 늘 똑같은 톤으로 업무 지시하는 부장님의 목소리가 유난히 거슬린다면 그건 그 상대방의 문제이기보다는 나의 문제일 수 있다.

자극과 반응 사이에는 공간이 있다. 그 공간들이 무엇으로 채워졌는지에 따라 반응은 다르게 나타난다. 공간 안에 무엇이 들어가 있는지 객관화해서 바라보면, 요즘 왜 피곤한지 이상하게 사사건건 짜증이 나는 건지 만사가 귀찮고 무기력한지 조금은 알 수 있다.

나에게 안정을 물어봐 줄 수 있는 사람은 '나'뿐이다. 요즘 자주 드는 생각이 있다면, 그 생각 뒤에 감춰진 내 감정이 뭔지 들여다보아야 한다. 가끔은 멍청히 생각을 멈추

는 시간이 필요하다. 24시간 내내 정신줄을 꽉 붙잡고, 신경을 바짝 곤두세우고 살 수는 없다. 잠시라도 생각의 소용돌이에서 벗어나 그 뒤에 숨은 내 감정에 오롯이 집중하는 시간을 가져보면 어떨까? 어쩌면 진짜 멍때리기가 필요한 사람은 상수가 아니라 나일 수도 있다.

누군가의 맥락을 궁금해하는 것

부암동에서 카페를 시작한 것도, 상수가 카페에서 살게 된 것도 전부 계획에 없던 일이다. 반려동물 동반 카페라는 컨셉 역시 생각지 못한 변수였다. 어릴 때 별명이 '개사랑'이었을 정도로 개를 좋아하던 나에게 부암동은 천국이었다. '이 동네는 1가구 1반려견 필수인가?'라고 생각할 정도로 반려견과 함께 산책하는 주민들이 많았다.

마치 뉴욕 센트럴파크처럼, 동네 사람들이 카페 앞 데크에서 자연스럽게 반려견과 쉬어가곤 하는 게 좋아 보였다. 그 동네 그 자리에 카페가 생긴다면 반드시 반려동물 동반 가능이어야 했다.

“펫푸치노 결제할게요. 모모 오면 주세요.”

“책 좀 맡길게요. 오후에 남자분 오면 주세요.”

“매실주인데 동네분들이 찾으러 오실 거예요.”

카페를 오픈하고 벌써 4년이 지났다. 낯선 동네에 자리 잡은 카페는 어느새 부암동 방앗간이 되었다. 가을엔 노인정 할머님들께서 카페 데크에 고추를 말리시고, 택배기사님들이 커피 한 잔씩 하시고 얼음 받아 가는 쉼터가 되기도 했다. 동네 카페의 순기능이 아닐까? 괜히 흐뭇하고 뿌듯할 때가 많다.

덕분에 상수에게는 귀여운 강아지 친구들이 많다. 낯선 부암동에 이사 왔을 때 따뜻하게 간식을 나눠주던 여백이. 상수가 바쁠 때 교대 근무해주는 모모. 냥냥펀치 샌드백이었지만 어느새 훌쩍 커서 돌아온 연탄이. 아, 상수만 보면 점프 머신이 되는 토토도 있다.

그렇다면 고양이 친구들은? 일단 고양이들은 외출을 좋아하지 않아 만날 일이 거의 없다. 가끔 있긴 한데, 가방에서 나오지 않거나 가방에서 나와도 구석진 곳을 찾아 숨어버린다. 또 상수가 다가가면 하악질로 싫음을 단번에 표현한다. 한마디로 그냥 '관심 없음'이다. 가끔 아깽이(새끼 고양이)들은 상수에게 마구 들이대기도 하는데, 상수는 차도남이라 너무 들이대는 건 좋아하지 않는다. 도망 다니기 바쁘다.

때론 우연으로 바뀌는 삶

사람들은 유난히 상수와 강아지들이 함께 있는 모습을 신기해한다. 뭔가 금방이라도 전쟁모드로 싸울 것 같은 불안함이 들면서도, 꽁냥꽁냥 잘 지내는 모습이 신기하고 재밌는 듯하다. 생각해보면 개와 고양이가 친하지 않다는 고정관념도 그저 사람들이 만들어낸 것 아닐까? 친하지 않은 게 아니라 다를 뿐인데 말이다.

여기서 잠깐 개와 고양이의 조상 이야기를 해보자. 여러 가지 설이 있지만, 늑대의 후손인 개와 살쾡이의 후손인 고양이에 관한 이야기가 흥미롭다. 개의 선조는 주로 무리생활을 했다고 한다. 평지에서 지냈기에 숨을 만한 장소가 없는 환경과 사람에게 적응해야 했다. 오랜 시간 달려야

해서 지구력이 발달했고, 산책도 좋아한다. 반면 고양이의 조상은 숲에 머물며 단독생활을 했다. 몸을 숨길만 한 곳이 많아서 매복하는 게 익숙하며, 순발력이 좋고 유연하다.

또한 개는 무리생활을 했기 때문에 상하관계가 있다. 명령을 따르고 복종하는 사회성이 발달했다. 반면 고양이의 단독생활은 자신을 지키는 힘을 길러줬고, 누군가의 명령을 따르는 일이 흔한 경우는 아니다. 사람을 자신과 대등하게 생각한다.

그렇게 오랜 시간이 흐른 뒤, 우리는 사람을 좋아하지 않는 개를 이상해하고 도망가지 않는 고양이를 보면 신기해한다. 개냥이도, 냥멍이도 그런 성격을 갖게 된 데는 다 이유가 있을 텐데 말이다.

사람도 비슷한 것 같다. 내 맘을 알아주고 잘 맞춰주고 표현해주는 성향의 친구도 있고, 반대로 함께 보내는 시간에 집착하지 않는, 나를 있는 그대로 봐주는 친구도 있다. 나는 어떤 친구일까? 나와 잘 맞는 친구는 어느 쪽일까? 이것 역시 항상 똑같을 수는 없다.

세상에 '원래 그런' 건 없다

기억은 맥락의 영향을 받는다. 맥락은 줄기 '맥(脈)'에 이을 '락(絡)'이다. 여러 갈래로 갈라지는 줄기의 모습이지만 결국 그것들을 이어주는 것이 맥락 아닐까.

카페에 오는 동물 친구들은 모두 다른 사연을 가지고 있다. 보호자들이 반려동물을 만나게 된 사연도, 키우게 된 계기도 전부 다르다. 함께한 기억이 다르고 각자의 맥락이 다르다. 어떤 사건에 다 다르게 반응하는 것은 각자 가진 기억이 다르기 때문이다. 누군가의 언행이 당황스러울 때가 있다. 때로는 화나고 이해가 안 될 때도 있다. 아마 그 사람의 맥락을 알 방법이 없기 때문이지 않을까.

그 사람의 맥락은 어떻게 알 수 있을까? 그 사람의 삶을 걱정해주고 궁금해하는 건 어떨까? 만약 그 관심이 힘겹고 부담스럽다면, 그래도 최소한 덮어놓고 싫어하지는 말아야 하지 않을까. 그들의 맥락을 존중하고 분리해보면 다르게 보일 수 있다. 내가 당연하다고 생각하는 것이 상대방의 맥락에서는 그렇지 않을 수 있기 때문이다.

방해하지말기

"그런 감정이 들게 된 계기가 있나요?"

"어떤 경험이 그런 생각을 하게 만든 것 같나요?"

맥락적 사고의 출발은 '왜?'라는 질문을 던지는 것이다. 나의 답을 정해놓고 대화를 하는 것이 아닌, 상대방의 기억과 감정, 과정을 걱정해주고 궁금해하며 존중해주는 것. 어설픈 조언이나 충고는 당시엔 위로처럼 느껴지지만, 돌아서면 상처가 되어 곱씹게 되는 경우가 많다.

"원래 다 그런 거야."

"네 성격이 내성적이어서 그래."

"너보다 힘든 사람이 얼마나 많은데."

맥락의 관점에서 보면 '원래 그런 건' 없다. 누군가를 볼 때 맥락을 살피면 이제까지와 다른 면이 보인다. 내가 싫어하는 어떤 면 때문에 누군가가 불편하다면, 어렵더라도 그 사람의 맥락을 살펴보면 어떨까?

물론 싫은 사람을 걱정하고 궁금해하기란 쉽지 않다. 하지만 우리는 모두 다르게 살아왔다는 것을 전제로 다른 면을 찾아보는 약간의 노력은 해볼 수 있지 않을까? 개는 개의 세상이 있고 고양이는 고양이의 세상이 있는 것처럼 말이다.

개와 고양이가 다른 생활 속에서 자라서 다른 성향을 만들었듯이 나를 불편하게 만든 그 사람의 삶은 하나부터 열까지 나와 다르다. 다른 성격의 부모님이 있었고, 사는 지역도 달랐다. 여고를 나왔는지 남고를 나왔는지, 막내로 자랐는지 장녀로 자랐는지, 첫사랑은 어땠는지, 그때 어떻게 헤어졌는지…. 하나도 같지 않기에 우리는 다른 상처를 안고 다른 감정으로 살아간다. 서로 다른 모습을 볼 때 본능적으로 방어하려고 하고, 비슷한 사람을 보면 편안함을 느끼는 것이다. 너무나 자연스러운 일이다.

상수가 어쩌다 사람을 무서워하지 않고 츄르를 편식하게 됐는지 나로선 알 방법이 없다. 궁금하지만 뭐, 물어볼 수도 없고 물어본다고 대답해주지도 않을 것이다. 그래서 나는 존중하는 방법을 선택했다. 졸리면 자게 두고, 닭가슴살 츄르를 싫어하면 주지 않고, 덩치만 크지 겁은 많다는 걸 인정해주기로 했다. 상수의 맥락을 존중해주기로 했다. 상수가 나와 사는 동안 행복했으면 한다. 단지 그것뿐이다.

잠들지 못하는 당신에게

커피를 다시 마시기 시작한 지 얼마 되지 않았다. 그래도 나름 카페 사장인데 커피까지 끊어야 했던 건 쉽게 잠들지 못하고 뒤척이는 날이 많아서였다. 돈 주고 스마트폰 앱 같은 거 사는 사람을 이해할 수 없었는데, 수면에 도움 준다는 명상 앱을 유료 결제했다. 같은 침대 쓰는 분은 머리만 대면 코를 고신다. 이것도 문제 아닌가 싶다가도 그 모습이 마냥 부러웠다.

그런데 요즘은 하루에 커피 2잔씩 마셔도 잠이 잘 온다. 12시만 되면 몸이 노곤해진다. 거리두기가 풀리면서 교육 일정이 많아지고, 운동도 시작하고, 생각할 것도 많아져서… 라고 말하고 싶지만 확실히 체력이 예전 같지 않은 건 맞다.

내 핸드폰 속 상수 사진 중 가장 많은 것은 곤히 자는 모습이다. 귀엽게 코골이 하며 자기도 하고, 때론 누가 봐도 불편한 자세로 잠들어 있을 때도 있다. 카페 손님들이 지나다니는 바닥 한가운데 널브러져 잠을 청하는 날도 있다. 고양이들은 정말 희한한 자세로 잔다. 귀엽거나 불편하거나 때론 너무 기괴한 자세로 말이다.

냥생의 8할은 잠이다. 새끼고양이는 무려 평균 20시간을 잔다. 성묘도 15시간에서 길게는 19시간까지 잔다. 잠만 자는 게으른 동물이라고 생각할 수도 있지만, 편하게 잠만 자는 건 아니다. 귀엽게 생기긴 했으나 고양이도 엄연한 육식동물이다. 하긴 가끔 상수가 어슬렁어슬렁 걸어 다니면 호랑이로 느껴질 때가 있으니, 전혀 상상 못 할 일은 아니기도 하다.

육식동물은 잠을 깊게 자지 못한다고 한다. 사냥 본능 때문에 자면서도 경계한다. 상수 역시 어떤 날은 귀를 쫑긋 세우고 있고, 자면서도 작은 소리가 나면 이미 깨어 있었다는 듯 동그란 눈으로 주위를 살핀다. 어떨 때는 누가 봐도 안 자는데 자는 척하며 눈만 감고 눈동자는 굴리고 있다. 그 모습이 너무 귀여워 자연스럽게 카메라를 켜게 된다.

너무 못 자는 것도, 너무 자는 것도

스트레스를 받으면 어떤 사람은 잠이 너무 안 와서 죽겠다고 말한다. 또 어떤 사람은 잠이 미친 듯이 쏟아져서 힘들다는 사람도 있다. 일본 자율신경계 권위자 고바야시 히로유키 박사는 불면증에 시달리고 있는 상황을 교감신경이 매우 활성화되어 있기 때문이라고 말한다. 우리 몸은 평소에 자율신경이 원활하게 작동해야 스트레스가 없는데 그렇지 못하면 스트레스가 쌓여서 극대화된다는 것이다.

자율신경은 교감신경과 부교감신경으로 되어 있다. 활동할 때는 교감신경이 작동해야 하고 잠이 들 때는 부교감신경이 작동해야 한다. 잠이 오지 않는 사람 또는 자고 일어나도 개운하지 않은 사람은 부교감신경이 작동해야 할 때 교감신경이 활동하고 있기 때문이다. 즉 뇌가 무언가를 계속하고 있다는 뜻이다. 자면서도 스트레스를 주는 원인, 사람, 상황을 끊임없이 생각하는 것이다.

반면 스트레스 받으면 무조건 자야 하는 사람도 있다. 혹자는 현실 부정이 잠으로 표출된 것이라 말한다. 즉 세상을 회피하고 싶은 마음으로 잠을 선택한 것인데, 쉽게

말해 그냥 '이 꼴 저 꼴 다 보기 싫다.'는 얘기다. 무의식이 의식을 작동시켜 눈을 감게 만들어 걱정 끄라고 명령하는 것이다. 그때 충분히 잠을 잔다면 괜찮다.

근데 문제는 잠드는 것으로 상황을 회피하고자 하는 습관이 '부정적 강화negative reinforcement'라는 것이다. 스트레스를 능동적으로 해결하기보다 잠이라는 대안을 끊임없이 선택하게 한다. 그리고 그것은 습관이 된다. 잠을 통해 스트레스를 제거하는 것이 어쩌면 회피행동일 수 있다. 오히려 문제가 해결되지 않고 무기력증으로 연결되기도 한다.

잠은 그냥 잠일 뿐

잠은 감정과도 연결되어 있다. 상수의 잠, 그 이면에는 본능이라는 키워드가 숨어 있듯 우리의 삶 그 이면에도 각자 중요한 사연들이 있다. 진화론적 관점에서 우리는 본디 탁월한 생존능력을 갖고 있다. 잠을 못 자는 것은 살기 위해 본능이 움직이는 것이다. 잠을 너무 자려 하는 것은 또 어떤가. 내일의 나를 위해 쉼을 허락할 줄 아는, 이 시대

에 보기 힘든 여유로운 사람이다.

잠을 자고 안 자고의 문제가 아니라, 내가 요즘 어떤 생각을 하는지 들여다보고 그것에 집중하는 것도 좋다. 불면증은 자신을 돌보라고 신체가 건네는 힌트일 수 있다. 그래서 나는 잠이 안 오거나, 너무 자고만 싶을 때 나의 일상을 돌아보게 된다. 불면 자체가 위험한 것이 아니라, 불면을 만드는 부정적 감정이 더 위험할 수 있기 때문이다.

그렇다면 잠이 안 와서 힘들 때는 어떻게 해야 할까. 일단 호흡에 집중해본다. 들이마시는 호흡보다 내쉬는 호흡을 길게 하며 숨을 마시고 뱉는 내 몸의 움직임에 집중한다. 그래도 잠이 안 오면 일어나서 거실로 나와 버린다. 침대는 잠자는 곳으로 인식되어야 한다. 잠이 안 오면 공간을 바꾸는 게 좋은데, TV나 스마트폰을 보면 '도로아미타불'이다. 잠들려던 뇌를 깨우는 짓이다.

뇌를 수면모드로 바꾸려면 조명 밝기가 낮아야 한다. 그래서 나는 너무 밝지 않은 노란 조명 아래서 지루하기 짝이 없는 책을 읽는다. 서서히 눈꺼풀이 무거워지면 눈을 감고 호흡한다. 실제로 뇌는 눈을 감고 있는 것만으로도

상수가 아파요 ㅠ_ㅠ
콧물약 먹고 딥슬립중zZ
잠시만 깨우지말아주세요
GATOBLANCO
HANDMADE FURNITURE

수면 상태로 착각하여 얕은 잠을 자는 뇌파로 변한다. 눈을 감고 편안하게 숨을 쉬어보자. 천천히 양을 세라는 말이 괜히 나온 건 아니다.

너무 집착하지 않으려고 한다. 왜 잠이 안 오지? 미치겠네? 왜 자꾸 졸리지? 그놈의 '잠'이라는 말에 매몰되지 말아야 한다. 잠이 인간의 기본 욕구라는 것은 누구나 알고 있다. 인간이 살아가는 데 당연한 생존 요소이다. 당연한 것이 결핍되면 어느 순간 원하게 되어 있다.

잠이 아예 안 오다가도, 어느 날은 자도 자도 자고 싶은 날이 있듯. 우리는 로봇이 아니기에 고민거리로 잠 못 들 때도, 침대에서 한없이 뒹굴고 싶을 때도 있는 법이다. 잠이 내 삶을 휘두르거나 휘청이게 하지 말자. 잠은 그냥 잠일 뿐이다. 어쩌면 우리에게는 일부러 자려고 애쓰거나 깨어 있으려고 하지 않는 상수처럼 단순한 마음이 더 절실한 건 아닐까?

누구의 것도 아닌 '그냥' 상수

잠시 자리를 비웠어요

상수를 처음 만난 날을 생각하면 벌써 코끝이 찡해져 온다. 반려동물을 키우는 회사가 많아지던 때였다. 마침 교육원에서 지내는 시간도 점점 많아지고, 직원들과 상의해서 고양이를 입양하기로 했다. 우선 유기묘 입양 카페에서 고양이들을 알아봤다. 이미 상처를 겪은 고양이들이기에, 입양 절차가 꽤 까다로웠다. 입양자가 고양이를 온전히 책임질 수 있는지 충분한 검증이 필요했기 때문이다. 그러던 중 상수의 원래 주인이 별 조건 없이 바로 상수를 데려갔으면 좋겠다고 했고, 그 즉시 차를 타고 그곳으로 달렸다.

찾아간 아파트 로비에서 원래 상수 주인을 만났다. 같이 엘리베이터를 타고 올라가면서 상수가 이미 2번이나 파양 당했다는 말을 들었다. 그 사람은 이미 고양이 2마리를 키우고 있었는데, 상수가 과하게 활발해서 원래 있던 고양이들이 예민해진 상태였다. 상수를 얼른 데려와야겠단 생각이 들었다. 조급한 마음으로 현관문을 열고 들어가니 어슬렁어슬렁 상수가 다가왔다.

상수의 첫냥상이 아직도 생생하다. 노란색 무늬와 왕발, 새끼고양이치고 제법 큰 몸집까지. 다가가서 "안녕?" 하고 인사하니 상수는 마치 기다리고 있었다는 듯 나에게 털을 비볐다. 다른 고양이들은 벌써 어디 숨었는지 볼 수 없었다. 상수에게 작별 인사라도 해줬으면 좋았으련만.

작은 박스에 상수를 싣고 돌아오는 길에 기분이 이상했다. 살아있는 생명을 이렇게 쉽고 빠르게 소유할 수 있다는 게 얼떨떨했다. 어디로 가는지도 모르면서 눈을 동그랗게 뜨고 두리번거리는 상수를 보니, 자신의 운명을 빠르게 받아들이는 듯해 마음이 짠하기도 했다. 하지만 그 어떤 마음보다 설레는 마음이 가장 컸다. 그렇게 나와 상수는 가족이 됐다.

연중무휴 부암동 카페냥

상수는 원래 내 껌딱지였다. 내가 화장실에 가면 쫓아와 나올 때까지 문 앞에서 기다렸다. 나올 때를 기다리며 모퉁이에 숨어 있다가, 숨바꼭질이라도 하자는 듯 놀라게 하고 후다닥 도망가기도 했다. 내가 볼일 보는 중에 자꾸 문틈 사이로 앞발을 들이밀며 울어대서 화장실 안에 데리고 들어간 적도 많다.

상수가 처음부터 카페에서 산 건 아니었다. 상수동에서 부암동으로 교육원을 이전하면서 임대한 건물 1층 돌벽이 멋스러웠다. 그렇게 어쩌다 보니 그곳에 카페를 시작하게 되었다. 생각해보면 사람 좋아하는 상수가 카페를 좋아하게 된 건 당연한 일일지도 모르겠다. 사무실에서 함께 생활하던 상수를 종종 카페로 데리고 내려간 게 이별의 시작임을 그때는 알지 못했다.

어느새 상수는 '카페냥'이 되었다. 상수는 낯선 공간에 빠르게 적응하고 사람의 손길을 싫어하지 않는다. 자신을 좋아해주는 손님이 생겼고, 카페 안에는 신기한 것도 많다. 더군다나 창밖 바라보는 것을 좋아하는 고양이의 특성상 카페 통유리는 그야말로 초대형 TV를 보는 것과 맞먹는 즐거움이었으리라. 나만 따라다니던 상수는 이제 없다. 요즘엔 나를 그냥 카페에 자주 오는 손님 정도로 생각하는 것 같기도 하다. 섭섭한가? 섭섭하다. 그것도 아주 많이. 츄르와 간식으로 마음을 뺏어보려 애쓰는 내 모습이 초라해 보일 정도로 말이다.

내 껌딱지 상수가 모두의 냥이 되었을 때, 카페 개업을 후회한 적도 있다. 인정하기 싫어서 그럴 수밖에 없었던 나를 합리화했다. 출근하려고 문을 열면 빛보다 빠르게 카페로 달려가는 상수의 모습에 기분이 좋다가도 급격하게 우울해지기도 했다. 고양이가 인간의 마음을 이리 휘두를 수 있는지 어이가 없다. 상수는 여전히 나를 좋아한다고, 애써 그렇게 믿어본다.

그래도 진심으로 다행이라고 생각한다. 가끔 출장이 잦을 땐 일주일 내내 상수를 못 본 적도 있다. 상수가 카페냥이 아니었다면, 하루 종일 아무도 만나지 못하고 문만 쳐다보면서 기다렸겠지. 그렇게 생각하니 벌써 마음이 아프다. 사실 우리 카페가 연중무휴인 이유도 상수의 영향이 크다.

퀵 클린 필터
DECKER
피벗청소기

상수를 사랑해주는 분들께 고맙고 또 고맙다. 상수는 이제 나만의 고양이가 아니다. 부암동 셀럽 아니신가. 상수 계정으로 상수의 건강을 물어보고, 주기적으로 간식을 조공하는 손님이 계실 정도로 모두의 고양이가 되었다.

멀어지고 가까워지는 관계의 리듬

살면서 가능하면 피하고 싶은 순간이 있다. 나를 좋아해주던 사람이 내가 싫다고 말하는 상황이다. 관심의 밀도는 낮아지고 더 이상 궁금하지 않다고 한다. 반대로 내가 좋아하던 사람이 말도 안 되는 이유로 싫어질 때도 있다. 좋아한다고 표현했던 날들이 무색하게 그때의 감정이 흐려질 때도 있다. 인간은 누구나 삶의 리듬이 있기에 또 각자의 사정이 다르기에 정말 알 수 없는 이유로 가까워지기도 하고 멀어지기도 한다.

멀어진다는 게 즐거운 일은 아니다. 그게 좋은 사람이든 나쁜 사람이든 나로 인해 출발한 끈이기에 놓아야 하는 상황이 썩 좋진 않다. '내가 좋아하는 사람이 나를 좋아하는 상황은 기적'이라는 말은 어느 유경험자의 처절한 교훈일 것이다. 그럴 땐 단순하게 생각하자. 그냥 이 상황을 받아들이면 편하다.

지금은 그렇게까지 많이 하지 않지만, 20대 초반에만 해도 한 달에 180시간 넘게 강의했었다. 무슨 기계 같았다. 7cm 힐을 신고 하루종일 강의하다 결국 '자반증'이라는 피부병도 생겼다. 다리에 빨간색 혹은 보라색 반점이 생기는 건데, 압력에 의해 모세혈관이 터져서 생기는 증상이었다.

한의원에서 다리에 장침을 맞아도 피가 나오지 않을 만큼 심했다. 당분간은 앉아서 일하라고 권유받았지만 그러고 싶지 않았다. 분명 상황을 바꿀 수 있는 다른 대안이 있을 거라고 생각했다. 당분간 바지만 입고 낮은 구두를 신더라도, 내가 강사라는 직업을 선택했기에 감수해야 한다고 생각했다.

'자기수용self acception'은 자기 자신을 있는 그대로 받아들이고 인정하는 것이다. 자신의 장단점을 인정하고 받아들이는 이 개념은 심리적으로 인간을 성장하게 한다. 좌

절감이나 무기력감이 아닌 스스로 가치 있다고 느끼게 하며 자신을 좋아하게 만든다. 무기력하게 받아들이라는 말이 아니다. 바꿀 수 없다면 타협할 수 있는 선에서 받아들이고, 바꿀 수 있는 것을 적극적으로 찾아보는 것도 괜찮은 방법이다.

카페로 가는 길목에 반려동물용품 전문점이 생겼다. 요즘 나의 소확행은 그곳에서 상수의 장난감을 사는 것이다. 1천 원짜리 초록색 털 쥐돌이. 2천 원짜리 바스락 소리가 나는 꿩 깃털. 간식도 장난감도 꽤 까다로운 취향을 가진 상수에게 내가 조공하는 장난감 성공률은 10%도 안 된다.

새로운 장난감에 관심을 보이지 않으면 평소 좋아하는 초록색 지렁이로 놀아준다. 아주 열심히, 정말 열정적으로 놀아준다. 상수는 무기력한 장난감에는 반응하지 않는다. 상수 상무님을 만족시키려면 다양한 놀이 방법을 미리 배워둬야 한다. 출근하는 날은 바로 사무실로 올라가지 않고 카페에서 상수와 놀아주려고 한다. 그걸 아는지 상수는 내가 카페 문을 열고 들어오면 만족스러운 꼬리 모양을 한다. 그리고 "너 왜 이제 와?"라고 말하는 듯 야옹거리며 내게 냄새를 묻힌다.

나의 타협은 상수가 행복해지는 것이다. 집착한다고 뭐가 달라질 수 있을까. 매일 곁에 있어 주지도 못하면서 나만 바라봐줄 거라고, 상수에겐 내가 전부일 거라는 생각은 오롯이 나의 착각이다. 그래서 나는 인정하기로 했다. 빠른 인정은 때론 닥치고 정답일 수 있으니까. 상수는 누구의 것도 아닌 상수 자신의 것이다.

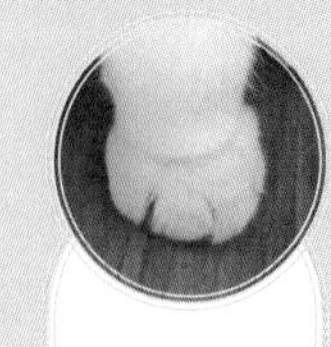

우리 준비되면 다시 만나요

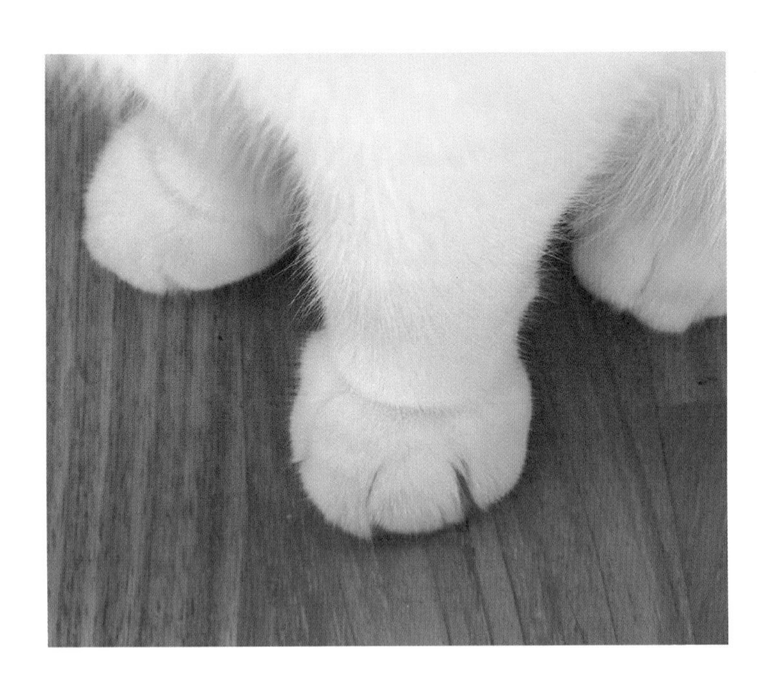

세상 편해졌다. 반려동물의 말을 해석해주는 번역기가 나왔으니 말이다. 번역기에 의하면 우리가 흔히 알고 있는 "야~~옹"은 뭔가 요구하는 게 있을 때다. 상수의 경우에는 밥이나 간식을 달라거나 놀아달라고 할 때 낸다. 오랜만에 봤을 때도 반갑다고 "야~옹" 하는데 조금 짧다. 뭐랄까, "반가워!"라고 말하는 것 같다.

가끔 상수는 우리에게 익숙한 고양이 울음이 아닌 이상한 소리를 낸다. "야옹"도 아니고 "어흥"도 아닌 것이 앓는 소리 같기도 하다. 걱정돼서 찾아보니 무언가 불만족스러울 때 내는 소리란다. 어떤 날은 "그르릉" 하는 소리를 내기도 한다. 주로 빈백에 누워 잠든 상수에게 퇴근 인사를 하면 내는 소리다. 코 고는 소리와 비슷해서 가까이 가보면, 눈만 감고 있을 뿐 자고 있진 않다. 찾아보니 "피곤한데 반갑긴 해."라는 표현이라고 한다.

한숨 소리를 내기도 한다. 발톱을 깎아주려고 안으면 5초쯤 반항하다가 안 되겠다 싶을 때 내는 숨소리다. 고양이는 집중하다가 멈췄을 때 혹은 긴장이 풀렸을 때 한숨 소리를 낸다고 한다. 그리고 아주 가끔은 상수도 하악질을 한다. 하악질은 고양이가 살짝 성대를 긁는 듯 "카오~ 카~" 거리며 내는 소리인데 표정이 제법 무섭다. 싫어하는 상대를 쫓아내려는 위험신호 같은 것인데, 상수는 보통 다른 고양이한테 질척거리다 하악질 당하는 쪽이다.

상수가 다양한 감정을 소리로 표현하듯 우리도 다양한 형태로 말을 한다. 말을 하기도 하고 글을 쓰기도 하고 안아주기도 하며 환하게 웃어주기도 한다. 청각적인 언어, 시각적인 언어, 요즘은 SNS 같은 스마트 세상 속 언어가 더 익숙하기도 하다. 마음을 전달하는 방법은 너무나 많다. 방법도 다양하다. 그런데도 불통의 순간이 더 많다고 느끼는 건 참 아이러니하다. 손발 심지어 이모티콘까지 써도 마음 전달이 안 돼서 오해하고 관계가 틀어지니 말이다.

내 마음을 알아주지 않는 사람이 있다면

가죽자켓에 중단발을 한 그녀는 호의적이지는 않아도 질문도 하고 대답도 잘하는 교육생이었다. 나는 신뢰감의 중요성을 이야기하면서 '휴리스틱'이라는 '어림짐작의 기술'을 설명했다.

시간이나 정보가 불충분할 때 각자 가진 상식과 경험으로 상대방을 단정 짓는다는 개념인데 호감형 이미지의 여성이 그렇지 못한 여성보다 판결에서 구형이 짧아진다는 연구사례를 예로 들어 설명했다. 그런데 유독 그 사례를 듣고 그분은 강하게 불쾌감을 드러냈다.

물론 그럴 수 있다고 생각했다. 그래서 내 개인적인 의견이 아니라 연구사례임을 강조하고, 관련된 다른 사례를 찾아서 다음 날 다시 설명하고 쉬는 시간까지 대화를 나눴다. 아무리 해명하려고 애써도 그 마음의 벽을 여는 방법은 많지 않았다. 상황은 일단락되었지만, 마음이 개운하지 않았다.

처음 들은 강사의 강의가 서툴고 배려 없었던 건 아닐까. 이왕이면 사려 깊고 좋은 영향력을 주는 강의이길

바랐는데, 오랫동안 익숙해진 나만의 소통방식은 그러지 못했던 것 같다.

기다림은 소통의 도구

상대방의 마음이 닫혀 있는 상태에서 말은커녕 손짓, 몸짓, 발짓까지 동원해도 오해만 쌓이는 경우가 있다. 오히려 상수의 마음을 잘 아는 손님들은 다가가기보다 다가오길 기다린다. 그런 손님들 옆엔 어느 순간 상수가 먼저 와서 앉아 있다. 우리는 이런 경우 '계 타셨다.'고 말한다. 집사도 부러운 순간이다.

실제로 상수와 불통하는 손님이 종종 있다. 고양이는 귀가 쫑긋하면 불안하다는 것이고, 꼬리가 커지면 위협을 표하는 것이다. 조금만 공부하면 알 수 있는 표현들이지만 처음 고양이를 마주한 손님들에게는 어려운 일일 것이다. 가끔 있는 일이긴 하지만, 상수를 마냥 귀엽게만 여기고 다가갔다 물리기도 한다. 귀찮아서 도망가는 상수의 뒷모습을 보며 아쉬워하시는 손님에게는 관계 개선을 위해 조용히 츄르를 드린다.

우리 카페에는 걷지도 못할 때부터 오던 귀여운 꼬마 단골 손님이 있다. 꼬마 손님은 상수가 사랑스러워 어쩔 줄을 모른다. 가만히 자는 상수 앞에 누워 보고 앉아도 본다. 눈 감고 있는 상수를 차마 건드리지는 못하고 장난감만 허공에서 흔든다. 엄마가 "이리 와서 잠깐 기다리면 상수가 일어날 거야."라고 말하면, 꼬마 손님은 "좀 있다 갈 거잖아."라며 칭얼거린다. 금방이라도 울 것 같은 표정으로 엄마 옆에 앉아 청포도 주스를 마신다.

5분쯤 지났을까. 어슬렁어슬렁 상수가 걸어 나온다. 배가 고픈지 밥도 먹고 물도 마신다. 그 모습을 보며 우리 꼬마 손님은 좋아 어쩔 줄을 모르지만, 식사 시간을 얌전히 기다려준다. 밥을 다 먹은 상수가 무슨 생각이라도 하는 듯 밖을 쳐다보더니 갑자기 뒤돌아서 꼬마 손님 옆에 앉는다. 그리고 그 옆에서 그루밍을 시작한다. 너무 좋아 발을 동동거리던 꼬마 손님은 혹시라도 상수가 다시 가버릴까 조용히 상수 앞에 무릎을 꿇는다.

어떤 소통의 도구보다 중요한 건 상대방의 마음이

다. 준비가 안 된 상대에게 일방적으로 마음을 표현하는 건 굉장히 이기적이고, 어쩌면 원망의 대상이 될 수도 있다. 표현이 서툴 때는 우리 카페 꼬마 손님처럼 기다리는 게 최고다. 나는 그 장면을 본 후로 소통하고 싶은데 잘 안 되는 사람을 만나면 혼잣말로 속삭인다. "내가 기다릴게요. 우리 준비되면 다시 만나요."

나만의 공간 플레이리스트

한때 '공간 심리학'에 꽂혀 공간에 관련된 책을 미친 듯이 읽었다. 그중 공간을 인문학적으로 풀어낸 유현준 교수님의 책은 매번 새로운 공간을 찾아다니던 나에게 굉장히 흥미로웠다. 특히 나만의 공간 플레이리스트를 만들어 보라는 내용이 기억에 남는다. 나만의 음악 플레이리스트가 있듯이 공간도 그렇다는 것이다.

집을 벗어나, 늘 다니던 출근길을 벗어나, 나만의 보물 장소를 업데이트하는 것은 즐거운 일이다. 남들과 똑같이 살지만, 다르게 사는 방법일 것이다. 생각해보니 나도 우울할 때, 강의가 끝났을 때, 쉬고 싶을 때 가는 공간이 달랐다. 그렇담 나의 공간 플레이리스트를 꺼내볼까.

의외로 내가 가장 좋아하는 공간은 회사다. 가장 좋아하는 공간이 회사라는 게 아이러니할 수도 있다. 사실 나는 공간이 얼마나 중요한지 오래전부터 알고 있었다. 그래서 애당초 사무실을 내가 좋아하는 걸로 가득 채웠다. 상수, 아미(얼마 전 입양한 상수의 동생 고양이다), 식물, 커피, 음악. 그러니 회사를 빨리 가고 싶은 건 이상한 일이 아니다.

물론 내가 사는 금호동도 너무 좋아한다. 그중에서 제일 좋아하는 곳은 해 질 무렵의 동호대교다. 강남에서 강북인 우리 집으로 넘어올 때 성수대교, 한남대교, 영동대교 등 다른 선택지도 많지만, 항상 동호대교로 넘어온다. 지하철 3호선 기관사들은 동호대교가 운행 중 유일하게 창문을 열 수 있는 곳이라 '가장 행복한 다리'라고도 한다.

동호대교는 자동차 도로와 지하철의 철로가 나란히 있다. 대교를 중간 정도 지났을 때, 차 안에서 보는 지하철은 마치 영화 속 한 장면 같다. 주황색 교각은 왠지 모르게 감성적인 느낌이 들기도 한다. 차가 막히지 않는 뻥 뚫린 두무개 터널도 내가 좋아하는 공간이다. 아치형 기둥 밖으로 보이는 야경은 손꼽히는 드라이브 코스이기도 하다.

상수의 땅따먹기

상수도 상황에 따라 좋아하는 장소가 다르다. 일단 출근하면 카페 이곳저곳을 돌아다닌다. "잘 잤니? 별일 없었고?"라고 말하듯 아침 인사를 건넨다. 카페 통창 앞으로 가서 보안관처럼 동네를 살피기도 한다. 지나가는 사람들에게 눈빛으로 존재감을 알린다. 그 뒤의 일정은 메인 소파에 세상 편하게 늘어져 자는 것이다. 편안하고 나른하니 좀 쉬고 싶은가 보다.

카펫 위는 상수가 가장 많은 시간을 보내는 곳이다. 카페라는 공간 안에서도 카펫은 상수에게 진정한 '내 땅'이다. 카펫에선 주로 식빵 굽는 자세로 멍을 때린다. 그러다 귀찮은 강아지들이 나타나면 식물 가득한 뒷공간으로 재빨리 숨어버린다. 반대로 신날 땐 캣타워로 올라가 사람들을 구경하며 꼬리를 흔들고 여유를 즐긴다. 오후 7시가 넘어가면 여지없이 가장 푹신한 빈백을 찾아 똬리 틀고 그루밍을 한다.

고양이는 가장 안락한 공간을 찾아내는 능력이 있다. 그리고 그 공간이 자신을 방어할 수 있는 최선의 장소라는 것도 안다. 아슬아슬하고 불편해 보이는 공간도 마다 하지 않는다. 한번은 집에 데리고 갔는데, 안 보여서 한참을 찾았다. 에어컨 뒤 손바닥만 한 공간에서 전선을 이불삼아 꿀잠 자고 계시더라.

요즘 출근하다 보면 아파트 주차장에서 나를 빤히 쳐다보는 길고양이 3마리가 있다. "너는 우리를 위협할 수 없어."라고 말하는 듯 여유 있게 자동차 아래 공간을 즐긴다. 그 모습을 보며 그게 어디든 정해둔 영역 안에서 자유로운 고양이가 부럽기도 하다. 어디든 자신의 세상으로 만들 수 있는 그 여유가 부럽다.

무기력을 극복하는 공간의 힘

친한 동생이 1년 정도 무기력감에 빠진 적이 있다. 사는 의미도 없고, 재미도 없고, 하고 싶은 것도 딱히 없고, 나가기도 싫은 그때 동생은 정말 감정 변화가 거의 없었다. 무기력감을 빠져나가기 위해 여기저기서 조언을 듣던 어느 날 동생은 의외의 솔루션을 찾았다.

제3의 공간, 제3의 사람을 만나세요! 집, 회사, 집, 회

NAVER

사가 아닌 새로운 무언가를 만나라는 것이다. 생각해보면 새로운 사람을 만나는 것보단 새로운 공간을 만나는 게 더 쉽고 빠르다. 일상이 무료해질 때 마음의 문제를 찾으려는 건 익숙하지 않을 수 있다. 하지만 환경을 바꾸는 건 즉시 가능하다.

4자매 중 막내로 태어난 나는 어릴 때부터 내 방을 가져본 적이 없다. 항상 언니들과 방을 같이 쓰곤 했는데, 어느 날 아빠가 낮은 철제선반을 이용해 책상을 만들어줬다. 어제 일도 잘 기억하지 못하는 내가 또렷이 기억하는 날 중에 하나다. 파란 프레임에 네모난 모양의 합판이 올라간 책상이었다. 사실 책상이라고 하기에는 모서리도 날카롭고 합판도 까칠하고 영 볼품없었다. 그런데 나는 그 책상이 너무 좋았다. 태어나 처음으로 내 공간이 생긴 느낌이었다.

그 때문일까. 성인이 되어서도 내가 유일하게 집착하는 것이 공간이다. 공간에 대한 내 소유욕과 집착은 사무실을 옮겨 다니며 발현됐다. 광화문 작은 오피스텔에서 처음 교육원을 개업했을 때부터 시작됐다. 사무실 계약을 하고 내 취향이 담긴 공간에 사람들이 온다고 생각하니 그렇게 행복할 수가 없었다. 파티션도 제작하고, 가구도 사서

조립하며, 공간을 꾸며나갔다. 다만 방이 하나라 그 안에서 사무실과 교육장을 병행해서 사용해야 했고, 중앙난방에 공용화장실을 사용해야 했다. 그 부분이 불편해 계약 끝나면 화장실 딸린 곳으로 가야겠다 다짐했다.

2년 뒤 신사동으로 이사했다. 보자마자 계약을 했다. 광화문 사무실과 달리 공간 분리가 잘 되어 있었다. 사무실이 2개나 있어 직원들 방과 내 방을 따로 둘 수 있었다. 무엇보다 화장실이 내부에 있어서 내가 좋아하는 디퓨저를 놓을 수 있는 것만으로 만족스러웠다. 다만 주차가 불편했다. 위치가 애매하고 지하철역이 멀어서 찾아오는 교육생분들이 늘 불만을 토로했다. 더 좋은 곳으로 갈 생각에 2년을 참았다.

신사동 계약을 종료하고 미련 없이 상수동으로 왔다. 상수역 3번 출구에서 진짜 딱 10걸음만 걸으면 되는 곳이었다. 주차도 관리해주시는 분이 계셨다. 좋은 곳에 위치한 공간을 보니 욕심은 더 커졌다. 전문 인테리어 회사에 의뢰해 내가 원하는 공간을 완벽하게 만들었다. 지금도 그곳에 남겨두고 온 책장과 자작나무로 만든 폴딩 도어, 아직도 신상 축에 속하는 에어컨을 생각하면 가슴이 아프다.

그렇게 부암동에 왔다. 처음 이곳에 왔을 때 건물을 전부 쓸 수 있는 게 얼마나 마음에 들었는지 모른다. 매번 2년마다 이사 다니느라 집 없는 설움을 느꼈는데, 지금 부암동에서 4년을 넘어서고 있으니 2년의 저주는 끝난 걸까. 나는 조용하고 고즈넉한 부암동이 마음에 든다. 반려견 천국인 이곳이 좋다. 가능하면 이곳에서 평생 살고 싶다가도… 아니다, 아직도 난 새롭고 멋진 공간을 보면 욕심이 난다.

고양이 가출 사건

상수를 잃어버렸던 날이 아직도 생생하다. 바람이 선선하게 불어오던 계절이었다. 그때 상수는 내가 운영하는 교육원에서 힐링 업무를 담당하던 교육원 냥이었다. 상수가 없어진 건 꽤 늦은 시간이었다. 나는 저녁 7시부터 10시까지 강의가 있었고, 상수는 사무실에 있었다. 상수는 그사이에 어디론가 사라졌다. 환기를 위해 창문을 아주 조금 열어놨는데 그 틈으로 나간 것 같았다.

당시 교육원이 있던 상수역은 번화가였다. 창밖은 네온사인으로 반짝거렸고, 불금이라 신난 사람들의 웃음소리가 가득했다. 늦은 시간까지 반짝이는 거리는 호기심 왕성하던 어린 상수가 이끌리기에 충분했다.

수업 시간이 길다 보니 중간중간 쉬는 시간이 있다. 쉬는 시간에 잠깐 사무실로 왔는데 상수가 보이질 않았다. 그때만 해도 상수가 지금보다 더 사람에 집착하던 때라 사람 나올 때만 기다리던 녀석이다. 그런데 어디에도 상수가 없기에 이상함을 바로 감지했다. 일단 직원들에게 이 사실을 알리고 다시 수업에 들어갔다. 설마 밖으로 나갔을 거라고는 상상하지 못했다.

수업이 끝나고 본격적으로 상수를 찾기 시작했다. 일단 근처를 돌아다니며 상수가 좋아하는 장난감 소리를 냈다. 하지만 아무리 찾아도 보이질 않았다. 점점 불안해지고 눈물이 나기 시작했다. 진짜 제정신이 아니었다. 결국 고양이탐정까지 불렀다.

고양이탐정은 고양이를 키우는 집사들이 늘면서 생긴 신종직업이다. 인터넷을 뒤져 부산에 사는 유명한 탐정님을 섭외했다. 너무 늦은 시간이라 내일 일찍 출발하겠다고 했다. 기다릴 수 없었던 나는 밤사이 직원들과 전단지를 만들었다. 다음 날 외부 강의가 있었는데, 상수 걱정에 무슨 말을 했는지 제대로 기억도 나지 않는다.

소중한 것을 잃어버린다는 것

그런 일은 없어야겠지만, 만약 고양이를 잃어버리면 어떻게 해야 할까. 우선 당황스럽겠지만 큰소리로 고양이를 부르지 말아야 한다. 부드럽고 조용한 음성으로 고양이를 불러 겁에 질리지 않게 해야 한다.

손전등은 고양이 눈에 반사돼서 찾는 데 도움을 주고, 평소 좋아하는 장난감도 가져가면 좋다. 잃어버린 장소 근처부터 차근차근 찾아보는 게 좋다. 고양이는 겁에 질렸을 때 높은 곳에 올라갈 가능성이 있으니, 지붕 위나 벽 사이, 하수구, 나무 위도 꼼꼼히 살펴야 한다.

바깥에 음식을 두거나 익숙한 냄새가 나는 물건을 두는 것도 좋다. 오늘 못 찾았다고 포기하지 말고 전단지를 만들어서 주위에 도움을 청해야 한다. 상수도 그렇게 찾았다. 고양이탐정은 고양이를 잃어버리는 것은 무조건 집사 잘못이라고 말했다. 영역 동물이니 집을 나가지 않을 거라는 생각은 큰 오산이다. 문단속을 철저히 하는 걸 잊지 말아야 한다.

다행히도 강의가 끝날 때쯤 직원들에게 연락이 왔다. 상수를 찾았다는 것이다. 기울어진 창문 틈으로 떨어진 상수를 근처 동물병원에서 보호하고 있었다. 우리 사무실은 3층에 있었는데 찾고 나서 창문 틈을 보니 발톱 자국이 선명했다. 의도적으로 착지한 것이 아니라 미끄러진 것이다.

떨어진 상수는 상수역을 지나던 홍익대 학생들이 발견해 근처 병원으로 이송했다. 연락을 준 학생에게는 피자 쿠폰을 왕창 보내줬다. 다시 생각해도 너무 감사한 일이다. 그때 떨어진 충격으로 상수는 약간의 폐출혈이 있고 송곳니가 부러졌다. 지금은 물론 다 나아서 건강하지만 부러진 이빨을 볼 때면 그때 생각이 난다.

소중한 것을 잃어버린다는 것은 슬프고 끔찍한 일이다. 찾을 수 있다는 희망이 있거나 찾는다면 다행이지만 그런 경우가 아니라면…. 나는 아직도 상수를 잃어버린 날의 공포를 기억한다. 그날 이후 고양이에 대해 더 공부했던 것 같다. 길고양이와 달리 집고양이 생활을 했던 고양이는 밖으로 나갔을 때 적응하지 못한다는 것, 창문을 제대로 닫는 것은 물론 방충망도 뜯을 수 있으니 문단속을 철저히 해야

한다는 것, 영역 동물이기에 나간다고 해도 멀리 가지 않고 근처에 꼭꼭 숨어 있다는 것도 공부하면서 알게 됐다.

상수를 잃어버린 날의 기억 때문일까. 나는 여전히 헤매는 강아지나 길고양이를 보면 그냥 지나치지 못하고 차를 세우게 된다. 소중한 것을 잃고 나서야 후회하는 경우는 너무나 많다. 당연하다고 느꼈던 것들이 당연하지 않을 수 있다는 그 감수성을 잃지 말아야 한다. 무엇이든 좋다. 소중한 것이 사라지지 않게 미리미리 지키는 연습을 해야 한다.

완벽한 선택의 조건

주위 사람들에게 상수의 중성화 수술 소식을 알렸을 때, 그렇게까지 해야 하냐는 반응이 많았다. 물론 나도 가끔 너무 귀여운 상수를 볼 때면 상수를 닮은 새끼고양이는 어떤 모습일까 궁금하기도 하다. 엄마의 마음으로 태어나지도 않은 상수 베이비를 상상하며 행복한 생각에 잠기기도 한다.

하지만 고양이를 잘 모르기에 할 수 있는 말이다. 상수는 암컷 고양이를 만날 일이 없을뿐더러, 수술하지 않은 상태에서 호르몬 변화는 고양이를 힘들게 한다. 고양이의 건강을 위해서도 중성화는 꼭 필요하다. 이왕이면 생후 8개월 이내에 하는 것이 제일 좋다.

중성화하지 않았을 경우 수컷 고양이는 예민해져 공격성은 물론 가출할 가능성이 커진다. 성호르몬의 변화로 스트레스를 받거나, 고환암에 걸리기도 한다. 암컷 고양이 역시 생식 질환이 올 수 있다. 개인적으로는 무분별하게 늘어나는 길고양이와 유기묘를 생각해서라도 중성화 수술은 꼭 필요하다.

내일이 오지 않으면 좋겠다고 생각할 때

"걱정의 40%는 절대 현실로 일어나지 않으며, 30%는 이미 일어난 일이며, 22%는 사소한 고민이며, 4%는 우리 힘으로는 어쩔 도리가 없는 일에 대한 것이다. 그리고 마지막 4%는 우리가 바꿔놓을 수 있는 일에 대한 것이라."

어니 J. 젤린스키의 《모르고 사는 즐거움》에 나온 문장이다. 고민 없이 결정해야 하는 일들이 있다. 고작 하나를 결정하는 데 수만 가지 생각이 들 때가 있다. 잘하는 일일까, 더 좋은 방법이 있지 않을까, 후회하지는 않을까…. 생각이 꼬리의 꼬리를 문다.

어릴 때 동네 교회에선 성탄절마다 동방박사와 아기 예수 연극을 했다. 내가 6살 땐가? 주인공을 맡았던 기억이 난다. 그때 나는 크리스마스 전날까지 열심히 준비해놓고 막상 당일이 되자 극도로 긴장하기 시작했다. 고민 끝에 아프다는 핑계를 댔고, 결국 다른 친구가 주인공으로 무대에 올랐다.

지금도 나는 중요한 결정 앞에서 멈칫한다. 큰일이 벌어져서 내일이 오지 않았으면 좋겠다고 생각할 때도 많다. 하지만 이제 6살이 아니기에 취소를 할 수도 변경을 할 수도 누군가로 대체할 수도 없다. 결국 내가 결정해야 하는 상황이 오고야 만다.

6살의 나와 지금의 내가 달라진 건, 걱정했던 일도 고민했던 일도 '이 또한 지나가리라'라는 것을 배웠다는 것이다. 그리고 더 중요한 건 지나가면 아무 일도 아니었다는 것을 깨닫게 된다는 것이다. 살다 보면 적응할 것도, 결정해야 할 일도 많다. 애매하고 불확실한 상황에서 완벽한 선택이란 건 무엇일까.

예를 들자면, 나는 운전하는 걸 꽤 좋아한다. 주변에서 잘한다는 소리도 종종 듣는다. 1종 보통 면허 보유자라 대형차도 몰 수 있다. 전에 동료 강사들과 버스 타고 봉사활동을 간 적이 있는데, 같이 타고 가던 강사들이 고속버스를 탄 것처럼 편안하다고 한 적 있을 정도다.

운전 역시 선택의 연속이다. 여기서 끼어들면 조금 더 빨리 갈 수 있지 않을까. 노란불인데 밟으면 지나갈 수 있지 않을까. 꽉 막힌 고속도로지만 갓길로 가면 빨리 갈 수 있지 않을까. 본능적으로 남에게 불편함을 주는 걸 싫어하는 나는 운전대를 잡으면 단 하나의 생각만 한다. '무조건 남에게 피해 주지 말자.'

운전하다 사고가 난다면? 누군가 급하게 가야 할 상황에 차가 너무 막힌다면? 만약 그 원인이 나라고 생각하면 정말 끔찍하다. 운전의 본질은 안전이다. 잠깐 편해지자고 불편한 일 만들지 말자. 나에게 진짜 중요한 게 무엇인지 알고 있다면, 선택은 의외로 어렵지 않다.

중요한 결정을 내리기까지 고민의 과정은 너무나 당연하다. 불확실한 상황에서 내게 얼마나 가치 있는 일인가는 중요한 결정요인이 된다. 집사로서 나에게 중요한 건 상수의 건강이다. 어떻게든 상수를 우리나라에서 가장 오래 산 고양이로 만드는 것이 나의 목표이기에, 앞으로도 애매

한 선택이 왔을 때 결정은 그리 오래 걸리지 않을 것 같다.

좋은 결과가 아니어도 괜찮다. 결과와 상관없이 선택을 통해 경험하고, 다시 비슷한 선택을 하게 될 때는 조금 더 옳은 선택을 할 수 있지 않을까.

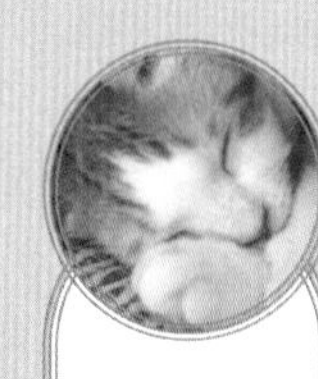

게으름을 즐길 줄 아는 상수

사람들은 늘어지게 자는 상수를 보며 한마디씩 한다.

"진짜 네 팔자가 상팔자다."
"부럽다… 나도 늘어지게 자고 싶네."

정확히 말하면 상수가 완벽하게 상팔자는 아니다. 어엿한 직장이 있고 상무님이라는 직함이 있다. 매일 노는 것 같지만 우리 카페 영업왕이다. 단골 손님에게는 빠른 걸음으로 다가가 몸을 비비며 아는 척을 한다. 혼자 있는 손님 곁에 눕기도 하며, 무거운 몸을 흔들며 재롱을 떨기도 한다. 무려 출근을 즐기고 퇴근하기 싫어하는 '워커홀릭'이다.

상수는 초고속 승진을 했는데, 사실 처음부터 상무였다. 상수 과장님? 상수 이사님? '상수 상무님'이 뭔가 라임이 맞았다. 낙하산이라고 생각할 수도 있지만, 우리 회사는 철저히 능력제다. 교육원에 있을 때는 힐링을 담당했고 카페에서는 접대를 담당하고 있다. 맡은 바 임무를 꽤 잘하는 핵심 인재, 아니 핵심 '냥재'이다.

사람들은 자신이 '쉼'이라고 생각하는 행동을 하는 상수를 부럽게 바라본다. 사실 상수는 일하지만 일하지 않는다. 상수에게 일하고 있다는 프레임을 만든 건 나였다. 같은 직장인이라는 맥락에 있었으면 하는 바람에 상수에게 상무님이라는 직함을 부여했다.

설정에 심취해 가끔 카페에 손님이 많으면, 늘어지게 자는 상수를 보며 손님 응대에 지친 거 같아 미안해질 때도 있다. 심지어 상수가 먹지도 않는 비싼 고양이 영양제를 구입하기도 했다. 마치 내가 일이 많아서 힘들 때 비타민을 먹는 것처럼 말이다.

마음 편히 쉬어본 적 있나요?

상수는 '일'이라는 단어조차 모른다. 그냥 사람들이 만든 허구의 이미지일 뿐이다. 왜 그런 이미지를 만들었을까. 놀고 있는 상수가 익숙하지 않았던 걸까. 아니면 인정하기 싫었던 건 아닐까. 일하는 사람이 익숙하고, 일하지 않는 사람에게 관대하지 않은 건 아닐까.

한때 나에게 '열심히 일한 당신, 떠나라.'라는 어느 카드회사 광고카피가 가장 힐링 되는 말이었다. 지금도 내 주위에는 그렇게 열심히 일하고도 고작 며칠 쉬는 걸 불안해하는 사람이 있다. 쉬는 게 적응이 되지 않아 쉬면서도 취미 사이트에서 뜨개질 패키지를 사거나, 서점에 가서 자기 계발서 코너를 힐끗거린다.

그들은 "쉬면 안 될 것 같아요."라고 말한다. 하긴 나도 그랬다. 나는 대학교 다닐 때부터 지금까지 제대로 쉬어본 적이 없다. 그냥 계속 일했다. 그렇게 열심히 살았기에 지금이 있는 거라고 위로해보지만, 사실 여유와 쉼이라고는 모르는 멍청이였다.

얼마 전에 복구된 싸이월드에 들어가 보니 20대 때

나의 슬로건은 'NO PAIN! NO GAIN!'이었다. 30대에 만든 블로그 메인화면에는 '내 인생의 최적화'라고 쓰여 있더라. 헛웃음밖에 나오질 않는다. 뭘 그렇게 최적화하고 산다는 건지. 개인 인스타에 일 관련 사진은 올리지 말자고 다짐한 게 채 1년도 되지 않았다.

번아웃 증후군

심지가 타버린 것처럼 소진된 모습을 '번아웃'이라고 한다. 게으름? 무기력? 우울증? 탈진? 번아웃과 증상이 비슷해서 헷갈리는 경우가 종종 있는데 조금 다르다. 번아웃은 백수는 걸릴 수 없는 증상이다. 즉 직업적인 맥락에서 분류된다. 질병은 아니지만, 이상심리로 발전할 수 있는, 건강에 유해한 현상이다.

번아웃을 만드는 원인이 있다. 심리학자들은 크게 6가지 키워드를 제시한다. 업무량, 통제감, 보상, 커뮤니티, 공정함, 일의 의미다. 일이 너무 많을 때(업무량), 그리고 그 일을 내 맘대로 할 수 없다고 느낄 때(통제감), 제대로 된 보상이 주어지지 않을 때(보상), 같이 일하는 사람들과 관계가 좋지 않을 때(커뮤니티), 공정하지 못하다고 느낄 때(공정함), 내가 하는 일이 의미가 없다고 느낄 때(일의 의미) 번아웃은 찾아온다.

경쟁적인 사회 분위기가 만연한 우리나라는 유난히 워커홀릭이 많다. 그만큼 번아웃을 호소하는 사람도 많다. 일단 기억력이 옛날 같지 않고, 자주 깜박깜박하는 게 신호다. 자주 짜증나고, 화를 참지 못하고 가족이나 친구에게 예민하게 반응한다면 의심해봐야 한다. 또 이전엔 즐겁던 일들이 무미건조하게 느껴진다면 번아웃 초기 증상이라고 볼 수 있다. 무엇보다 번아웃을 겪으면 어디론가 훌쩍 떠나고 싶은 마음이 자주 든다.

심지어 그냥 여행이 아니라 아무도 없는 곳에서 혼자 쉬고 싶다. 어떤 자극도 받고 싶지 않은 것이다. 그런 상황이라면 '내가 좀 쉰다고 세상이 무너지지는 않는다.'는 생각을 가져야 한다. 놀아본 적이 없는 사람은 논다는 것에 대해 죄책감을 느끼기 때문에 스스로를 지지하는 마음을 갖는 게 중요하다.

JTBC 드라마 '나의 해방일지'에서 미정과 구씨는 재회해 함께 걷는다. 오랜만에 만났지만 마주 보는 것보다는 나란히 걷기를 선택한 것이다. 실제로 쉬고 싶다고 느낄 때 걷는 것은 도움이 된다. 걸으면서 나무를 보고, 지나가는 사람을 보면 우울감이 줄어든다는 연구결과가 있다. 여기서 중요한 것은 '무목적'이다. 걸으면서도 어디까지, 언제까지 가야 한다는 목적지를 세워놓고 가기보다 그냥 걷는 것이다. 아무 생각 없이 감각이 이끄는 곳으로 말이다.

남들 일할 때 느긋하게 햇살을 느끼며 자는 상수는 죄책감 따위 느끼지 않는다. 자고 또 자고, 너무하네 싶을 정도로 자도 세상이 무너지지 않는다는 걸 아는 것처럼 말이다. 고양이에게 배울 점은 너무나 많다. 특별히 하나만 꼽으라면 바로 이것, 진정 게으름의 유희를 아는 것이 아닐까. 대충 살자. 귀찮아서 눈도 제대로 뜨지 않고 셀카 찍어주는 상수처럼.

음식이 감정에 미치는 영향

상수가 가장 좋아하는 간식은 명불허전 츄르다. 그런데 최근 츄르를 능가하는 간식이 나타났다. 바로 열빙어다. 이럴 때 보면 마치 사람 같다. 어릴 때는 단짠단짠 자극적인 츄르를 좋아하더니, 이제 나이 좀 드셨다고 꼬릿꼬릿한 생물 건조식품을 찾으신다. 생각해보면 나도 어릴 땐 자극적인 과자나 불량식품을 좋아했다. 벌집 피자, 자갈치, 과자의 역사를 다시 쓴 허니버터칩까지. 그런데 지금은 웬만하면 먹지 않는다. 뭐랄까… 손이 가질 않는다.

'으른 입맛'이 됐다. 배추김치도 파란잎만 찾아서 먹게 되었고, 어릴 땐 먹지도 않던 돼지 부속을 찾아다닌다. 입맛 없을 땐 묵은지에 된장 넣고 들기름 몇 방울 둘러서 지져 먹는 게 제일 맛있다. 강원도에서 나고 자란 나에게 옥수수, 감자, 메밀은 소울푸드다. 어릴 땐 너무 지천으로 널려서 먹지 않았는데, 이상하게 그때는 틀렸던 음식들이 지금은 맞다.

이젠 칼국수에 감자가 없으면 화가 난다. 음식점에서 수제비를 시켰을 때 남편이 할 일은 자기 수제비의 감자를 내 그릇에 옮겨 놓는 일이다. 또 요즘처럼 더운 날에는 강원도 옥수수를 냉동실에 쟁여놔야지만 마음이 편하다. 사실 따지자면 서울이야말로 맛집들이 널렸다. 미슐랭이며 방송 출연이며 줄 서서 먹는 맛집들을 맘만 먹으면 얼마든지 찾아갈 수 있다. 하지만 나는 원주에서 언니가 보내준 중앙시장 만두를 끓여 먹을 생각에 매일 설레는 마음으로 퇴근한다.

예전에 편식했던 음식들을 이제는 찾아서 먹는다. 나이가 들어서 그렇다기엔 진작 마흔이 훌쩍 넘었고 묵은지에 들기름, 옥수수와 감자를 찾는 건 어디까지나 개인 취향이기도 하다. 몸이 찾는다? 아니, 그보다 마음이 찾는다는 말이 더 맞는 것 같다.

아픈 이름, 길녀

잘 먹지 않던 간장게장을 먹기 시작한 건 얼마 되지 않았다. 엄마가 돌아가시기 전 중환자실에서 마지막으로 먹었던 음식이 간장게장이었기 때문일까. 벌써 10년이 지났다.

엄마가 입원해계셨던 병원 앞 공원에는 비둘기들이 많았다. 하루는 엄마를 모시고 공원으로 산책을 가는데, 나에게 병동 냉동실에서 옥수수를 가져오라고 하셨다. 비둘기 먹이를 안 가져왔다는 거다. 투덜거리며 옥수수를 챙긴 뒤 엘리베이터를 기다리고 있는데 전화가 왔다.

"어디야?"

"엘리베이터 타려고. 지금 내려가요."

"너 옥수수 그냥 가져왔지? 다시 가서 봉지에 물 좀 넣고 전자레인지에 10분 돌려서 와. 그냥 먹으면 딱딱해서 비둘기들 체해."

엄마는 비둘기들 체할 것까지 걱정하셨던 분이다. 파양된 상수와 버려진 아미를 얼마나 예뻐하셨을지는 굳이 애쓰지 않아도 떠오른다. 그 표정, 미소, 눈빛… 내 얼굴을

쓰다듬어 줬던 것처럼. 가끔 그 순간을 떠올려본다. 아득하게 기억나는 날들이 그립다.

엄마의 된장찌개를 좋아했다. 정확히 말하면 배추된장국이다. 엄마가 병원 치료를 받을 때 서울에 사는 나는 새벽같이 일어나 강원도로 달렸다. 강원도에서 엄마를 모시고 다시 서울 병원으로 오곤 했다.

그때 내 차는 분홍색 스파크였는데 병원 예약 시간에 맞추기 위해 빠르게 속도를 냈고 늘 맘 졸이며 운전을 했다. 조수석에 앉은 엄마는 보온병에 넣어온 된장국을 운전하는 내 입에 넣어주곤 했다. 굳이 그렇게 먹어야 했냐고 묻는다면… 나는 아직도 그 된장국 맛을 절대 잊을 수가 없다. 어디서도 먹을 수 없다는 게 슬플 뿐이다.

엄마를 보내고 10년이 지났다. 솔직히 말하면 나는 아직 엄마를 보내지 못했다. 이 세상에 없어도 마음속에 살아있다는 말이 무슨 의미인지 알게 되었다. 엄마는 너무나 생생하게 내 마음에 살아있다. 간장게장을 먹을 때도, 병원 입구를 지날 때도, 배추된장국을 먹을 때도 엄마는 거기 있다.

맛의 기억, 음식의 치유

오메가3가 풍부한 연어나 고등어는 세로토닌 분비에 도움을 주어 행복감을 느끼게 한다. 멜라토닌이 함유된 체리는 불면증에 도움을 준다. 초콜릿은 스트레스 호르몬인 코티졸의 수치를 낮추어준다.

단순히 성분과 음식의 조합만이 푸드 테라피가 아니다. 사람을 마음을 낫게 하는 건 성분과는 상관없는, 음식과 그 음식을 먹은 사람의 마음속에 답이 있다. 우리 모두 그런 경험이 있다.

벨기에에서 만화가이자 애니메이션 감독으로 활동하고 있는 전정식 감독은 1965년 서울에서 태어나, 5살에 벨기에로 입양됐다. 그의 작품에는 주인공이 밥에 핫소스를 뿌려 먹는 장면이 등장하는데, 이는 감독의 자전적 이야기이다.

그는 어린 나이에 입양됐음에도 본능적으로 한국의 맛을 찾았다. 한국인은 밥을 먹고 살아야한다는 말도 있지 않은가. 심지어 청소년 시절 매일 밥에 타바스코를 뿌려먹다가 위에 구멍이 나기도 했다.

홍콩에 살다가 이제는 밀라노로 이사간 내 친구 선영이는 노년에는 꼭 한국에 오고 싶다 하는데, 그 이유가 음식 때문이다. 선영이는 한국에 사는 나보다 한식을 더 자주 해 먹는다. 휴가 때 내가 홍콩에 가면, 항상 말린 가지와 무말랭이를 사다 달라고 했다. 한동안 코로나 때문에 한국 식재료를 사다주지 못했더니, 아예 집 근처에 작은 텃밭을 구해 김치 담글 배추며 무를 직접 기르기도 했다.

상수는 나를 어떻게 기억할까. 어떤 것을 먹을 때 나를 떠올릴까? 어엿한 부암동 셀럽인 상수는 츄르 말고도 맛있고 다양한 간식을 주는 손님들이 많다. 더 이상 간식으로는 상수의 관심을 받을 수 없는 것이다. 그래도 내가 힘들 때 엄마의 음식을 떠올렸던 것처럼, 상수가 츄르를 먹을 때는 나를 생각해줄 거라 믿고 싶다.

행복한 묘생을 위해 화장실을 치워주는 누나, 대신 쥐를 잡아주는 누나, 캣타워 만들어주는 누나, 아픈 건 없는지 챙겨주고 병원에 데려다주는 누나. 상수가 스트레스 받지 않게 언제나 신경 쓰고 있다는 것만 알아주면 된다.

누군가에게 음식이 단지 음식이 아니듯, 언제나 어디서나 자기를 지켜주는 가족이라고 기억한다면 그걸로 충분하다. 정말 충분하다.

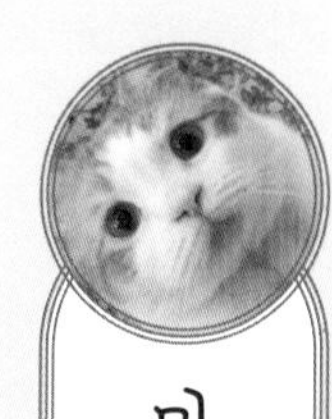

마음에도 색이 있나요?

상수는 노란 등과 하얀 배를 가진 '치즈냥'이다. 그 모습을 보고 있으면 부드러운 바닐라라테가 생각난다. 흰 우유에 진한 에스프레소를 넣고, 아직 섞지 않았을 때 우유에 스며드는 연한 갈색은 상수의 털 색과 비슷하다. 거기에 바닐라시럽이 더해지면 자극적이지 않고 자꾸만 끌리는 바닐라라테가 된다. 상수를 자꾸 보고 싶은 내 마음처럼 말이다.

한국에서는 주황색 털을 가진 고양이를 '치즈고양이' 또는 '치즈냥'이라고 부른다. 여유를 즐길 줄 아는 애교쟁이들이다. 외국에서는 '오렌지캣', '카라멜', '버터스카치'라고 부르기도 한다. 상수는 사실 주황색보다는 노란빛 도는 갈색에 가깝지만, 보통의 치즈냥이들처럼 갈색 M자 이마와 태비 무늬 꼬리를 가졌다. 또 등에 귀여운 갈색 무늬가 있는데 그게 내 눈에는 천사의 날개처럼 보인다. 왼발에 있는 작고 귀여운 갈색 점도 얼마나 귀여운지 모른다.

주로 자고 있어 잘 보이지 않지만, 사실 상수는 갈색 털보다 흰색 털이 훨씬 많다. 갈색은 따뜻하면서도 마음이 편안해지는 색이다. 갈색을 선호하는 사람은 수줍음이나 정이 많고 안정감을 느끼길 원한다. 어딘가 불안하고 초조할 때, 상수를 보면 마음이 편안해지는 이유이지 않을까.

시각의 잔상효과가 있다. 특정한 색상을 반복해서 보고 나면 그 색이 잔상으로 각인된다. 굳이 전체를 하나의 색으로 통일해서 보여주지 않아도 반복하면 감각 속에 스며든다. 예를 들어 핑크색으로 유명한 아이스크림 회사도 매장 전체가 핑크는 아니다. 문손잡이가 핑크고, 직원들의 유니폼이 핑크고, 아이스크림 스푼이 핑크다. '핑크'는 대표색일 뿐 하얀색이 훨씬 많은 비중을 차지한다.

색깔이 감정에 미치는 영향

색깔에도 감정이 있다. 예전에는 쳐다보지도 않던 색이 끌릴 때가 있다. 가끔은 옷장을 보면서 놀라기도 한다. 중고나라에 팔아야 할 옷이 몇 개인지 셀 수도 없다. 20대 초보 강사 시절 입었던 주황색, 노란색, 빨간색. 심지어 그냥 주황색도 아니고 비비드한 형광색 재킷을 보며 저 때의 나는 지금이랑 인격 자체가 달랐나 싶다.

주황색은 명랑하며 활력 넘치는 색이다. 사회적으로는 사람과의 관계를 선호하며 이해심이 많은 색이다. 생각해보면 그렇다. 20대 때 나는 과할 정도로 사람을 좋아했고 모임을 즐겼으며 사람에 대한 편견이 없었다.

그렇다면 요즘은 어떤 색이 끌리는가. 그 색은 어떤 마음을 대변하고 있을까. 초록색은 균형, 안정, 평화, 휴식, 회복이라는 키워드가 함께 따라온다. 초록색은 차분하고 안정적인 파란색과 노란색의 공존이 섞인 색이다. 그래서 우리는 보통 숲과 같은 사람, 나무 같은 사람을 말할 때 수용적인 사람을 떠올린다. 초록색은 그런 색이다. 마음의 공간이 넓다. 바쁜 일상으로 나를 돌아볼 여유가 없을 때 초록으로 먹거나 보거나, 나의 공간을 꾸미는 것만으로도 도움이 된다. 퇴근길에 동네 꽃집에서 작은 몬스테라 화분을 사는 것도 좋다.

자존감이 떨어졌을 때 도움 되는 색은 분홍색이다. 어느 실험에서 파란색 벽을 보고 운동한 그룹을 잠시 쉬게 한 뒤, 분홍색 벽을 보고 운동하게 했더니 그 횟수가 급격하게 줄어들었다. 실제로 분홍색은 마음을 편안하게 하고 긴장을 낮춰주는 효과가 있다. 프랑스의 대표적인 화가 마리 로랑생의 그림에는 다양하게 표현된 분홍색이 가득하다. 자신을 향한 부정적인 생각들이 가득할 때 마리 로랑생의 그림을 보는 것은 어떤가? 분홍색을 보면서 편안하게 호흡하는 것만으로도 스스로 사랑하는 마음이 들 것이다.

충전이 필요할 때가 있다. 그럴 때면 어떤 일도 의미없다고 느껴진다. 대한민국 직장인의 85%가 갖고 있다는, 앞에서 말한 '번아웃 증후군'이다. 이 증상은 육체적, 정신적으로 과한 에너지를 쏟아 전부 소진된 상태를 말하지만 열심히 했다는 증거이기도 하다. 소진된 것을 회복하려는 노력이 중요하다. 구스타프 클림트의 '꽃이 있는 정원'에는 해바라기의 노란색 잎과 풀밭의 녹색 계열의 대비가 화려

함의 에너지를 준다. 에너지가 떨어졌다고 느낄 때 명도 대비가 큰 그림을 보는 것이 도움 된다.

마음은 하나일 수 없다. 20대의 내가 좋아하던 색과 지금의 내가 좋아하는 색은 다르다. 어김없이 계절은 바뀌고 세상의 색은 내 맘 같지 않다. 틀린 건 없다. 누구나 마음의 색은 다르다. 그리고 달라야 하지 않을까. 매일 다른 색이 끌리는 것처럼 매일 다른 마음이어도 괜찮다. 모든 마음은 괜찮다.

상수의 골골송

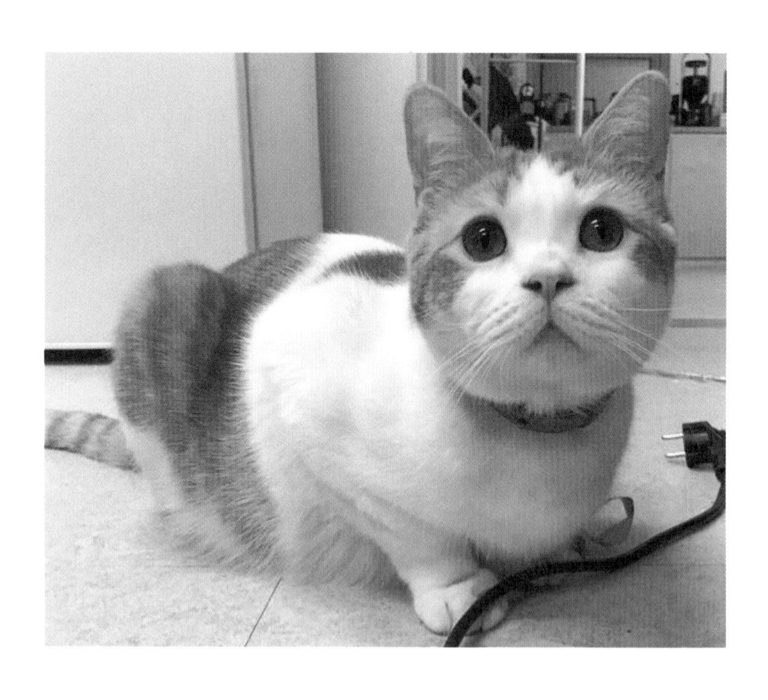

기회가 될 때마다 상수의 귀에 사랑한다고 속삭였다. 너무 사랑스러운데 으스러지게 껴안지는 못할 때, 작게 속삭이면 기분 좋은 충만함이 몸을 감싼다. 사실 내 목소리를 기억하게 하려는 이유도 있다. 평범하지 않은 내 중저음의 목소리 주파수를 반복적으로 들려주면 언젠가는 영상통화로도 날 알아보는 날이 오지 않을까.

"갸르릉~ 갸르릉~" 상수의 답가다. 상수는 내 사랑에 대한 답가로 골골송을 들려준다. 코 고는 소리 같기도 하고, 어떨 땐 "그르릉"으로 들리기도 한다. 집사들은 일반적으로 '골골송'이라고 말한다. 소리의 비밀을 정확히 밝혀낸 사람은 아직 없지만, 대체로 고양이가 기분이 좋을 때,

편안하다고 느낄 때 내는 소리이다.

고양이의 후두와 횡격막의 근육이 진동해 나는 소리라는 설이 있다. 외국에서는 "purr" 또는 "PRUUU"라고 표현하기도 한다. 태어날 때 눈도 귀도 막혀 있는 상태의 새끼고양이가 어미에게 젖을 잘 먹고 있다는 신호로 이런 소리를 냈다는 설도 있다. 아무튼 골골송은 고양이에게는 편안함과 행복한 상태라는 또 하나의 표현이다.

고양이의 "갸르릉" 소리가 부러진 뼈를 붙이는 데 도움 된다는 흥미로운 기사도 있다. "갸르릉"의 주파수가 20~140Hz인데 뼈가 회복하는 주파수와 비슷하다는 것이다. 실제로 골골송은 혈압을 낮추는 효과가 있어 최근에는 골밀도를 높이는 데 도움을 준다고 알려져 있다.

설레고 기분 좋은 소리

당신이 좋아하는 소리는 무엇인가. 내가 상수의 골골송을 좋아하듯 누구나 좋아하는 소리가 있다. 다정한 애인의 목소리가 될 수도 있고, 어릴 때 들었던 영화의 배경

음악일 수도 있다. 시골 할아버지의 경운기 소리일 수도 있고, 전기밥솥에서 증기를 뿜어내는 소리일 수도 있다.

나뭇잎이 바람에 흔들리는 소리, 가랑비가 창에 부딪히는 소리, 컵라면에 올려놓은 젓가락 뜯는 소리, 어디에 주차했는지 기억나지 않아 또 주차장 투어를 해야 하나 싶을 때 차 키에 문 열리는 소리, 택배 기사님이 엘리베이터 문 닫힐까 서둘러 택배 던지고 가는 소리, 40분 예상한 배달 음식이 10분 일찍 도착했음을 알리는 초인종 소리…. 그 중에서도 통장에 돈 들어오는 소리보다 더 좋은 게 있을까 싶긴 하다.

TV로 보는 것보다, 라디오로 들어야 더 와닿을 때가 있다. 청각은 본능적인 감정에 큰 영향을 미친다. 청각 정보를 '웻 인포메이션wet information'이라고 하는데, 시각 정보보다 훨씬 정서적이다.

시각을 차단하고 소리만 들려줬을 때 감정은 더 격앙된다. 영화 '미스트'는 시각을 안개가 차단하며 공포감을 극대화한다. 인간은 눈에 보이는 것보다 소리에 더 민감하다. 굉음과 폭발음을 듣게 된 인간은 안전하지 않다고 느껴 스스로 보호하기 위해 본능적으로 움직인다.

설렘의 소리, 편안함의 소리, 신남의 소리, 짜증과 화남의 소리…. 여러 감정의 카테고리 안에서 어떤 소리가 나를 편안하게 만드는지를 인지하는 것은 매우 중요하다. 끌려가는 것이 아니라 알고 있으면 바꿀 수 있고 선택할 수 있기 때문이다.

슬픈 소리를 무조건 피하거나, 행복한 소리만 들으라는 것이 아니다. 내게 꼭 맞는 소리를 아는 것만으로 충분하다. 나의 감정과 감각을 세심하게 살피고 돌보는 노력은 시도만으로 멋진 일이다.

나는 물레 돌아가는 소리를 좋아한다. 그보다 더 좋아하는 소리는 정형할 때의 소리다. 정형은 도자기를 만들 때 흙을 다듬는 것으로, 보통 그릇의 굽을 깎고 내가 원하는 외형을 만들기 위한 과정을 말한다. 흙이 적당히 말랐을 때 도자기의 흙을 긁어내는데, 이때 나는 소리가 뭔가 서걱서걱하면서도 시원하고 부드러운 느낌이다. 거칠었던 마음이 부드러워지는 느낌이랄까? 이 소리가 너무 좋아 흙을 계속 깎기만 하다가 그릇 바닥에 구멍을 낸 적도 있다.

안정감을 느끼는 소리

상수는 어떤 소리를 좋아할까? 내가 아침에 문 열고 들어오는 소리? 손님들이 츄르 뜯을 때 나는 소리? 요즘 상수가 꽂힌 건 '펫푸치노' 봉지 뜯는 소리다. 펫푸치노는 반려동물 전용 우유로 만드는 우리 카페 인기 메뉴다. 주로 반려견을 데려온 손님들이 시키는데, 상수는 대체 어떻게 아는지 봉지를 뜯기만 하면 귀신같이 달려온다. 달려와 펫푸치노 마시는 강아지 친구 앞에 앉아 줄 때까지 빤히 쳐다본다. 손님들은 그런 상수가 귀여우니 조금 나눠주는데, 아주 진상 고양이가 따로 없다.

우리는 엄마 배 속에서부터 소리를 들었다. 토닥토닥 자장가 소리에서 리듬감을 배우고, 심장 소리에서 박자를 배웠다. 어떤 소리는 설렘을 증폭시키기도 하고 어떤 소리는 두려움을 만들어내기도 한다. 요즘엔 백색소음이라고 해서 빗소리나 물 흘러가는 소리, 나뭇가지가 바람을 치는 소리 등 안정감을 느끼기에 도움이 되는 소리도 있다.

'비 내리는 숲속의 동굴에서 모닥불 피워놓고 밤새 듣는 빗소리', '맑은 공기 가득한 숲길을 산책하며 듣는 새들의 노랫소리', '일도 하기 싫고 머리가 복잡할 때 들으면 좋은 음악', '불면증 환자 수면 유도 음악' 등 제목도 꽤 구체적이다. 상황별로 감정별로 도움되는 소리들이 많아서 관심만 있다면 어렵지 않게 찾아 들을 수 있다. 나 역시 높은 집중력이 필요할 때 새벽 시간 백색소음을 틀어놓고 강의를 준비한다. 우리는 소리도 감정도 아웃바운드 하는 시대를 살고 있다.

함께하는 시간의 농도

평소 고양이를 무서워하는데, 상수 같은 고양이라면 키우고 싶다는 분들을 종종 만난다. 아무래도 상수가 다른 고양이들과 달리 동글동글하게 생겨서 그런 것 같다. 고양이가 왜 무섭냐고 물어보면 보통 고양이의 눈, 정확히 말하면 세로로 뾰족한 동공이 무섭다고 한다. 그런데 그 뾰족한 동공이 동그랗게 변할 때가 있다. 가끔 SNS에서 집사들이 이런 동그란 눈을 사진 찍어 올리는 게시물을 보는데, 댓글에는 귀엽다는 반응이 대부분이다.

세로로 뾰족한 동공은 고양이나 뱀처럼 작고 매복 사냥을 하는 야행성 포식자에게 많이 나타나는 눈동자인데, 물체가 선명하게 보이는 기능도 있다. 원형 동공은 먹잇감을 덮쳤을 때 각도나 거리의 정확도를 높여 사냥의 성공을 돕기 위함이다. 그러니까 사람들이 좋아하는 고양이의 동그란 눈동자는 사냥을 준비하거나 두려울 때의 눈이다. 고양이에겐 하나도 귀엽지 않은 상황이다.

동시에 가장 많이 듣는 질문은 "고양이는 대소변 잘 가리죠?"이다. 그런 질문을 받으면 생각이 많아진다. 어디선가 반려동물을 키울 때 진짜 걱정해야 할 건, 대소변을 가릴 수 있을까도, 털이 얼마나 많이 빠질까도 아니라는 글을 본 적이 있다. 실제로 반려동물을 가족으로 맞을 때 진짜 신경 쓰이고 불안한 건 아플 때 아프다고 말하지 못한다는 것이다. 상수가 딱 한 마디만 할 수 있다면… "나 아파." 였으면 좋겠다.

요즘 나의 관심사는 상수를 최소 20살까지 사는 '장수냥'으로 만드는 것이다. 유튜브에서 고양이 건강정보를 찾아 보고, 살이 찌면 소화 기능이 떨어질까 봐 다이어트 사료도 먹여본다. 토를 하면 사료가 안 맞는 건 아닐까, 이 사료 저 사료 바꿔도 본다. 사료량이 적어 그릇 앞에서 밥 달라고 우는 상수를 보면 마음이 잔뜩 약해진다. 그럴 땐 스트레스가 건강에 더 나쁘지 않을까 싶어 '생선은 살 안

쪄.' 생각하며 건조된 북어를 주기도 한다. 뭐가 정답인지 몰라 이랬다저랬다 하면 이것도 상수에게 혼란을 주는 건 아닐까 고양이 백과사전을 찾아본다.

각자 다른 생애주기

동물과 사람은 생애주기가 다르다. 고양이에게 1년은 사람의 10년과 같다. 그래서 항상 마음이 조급하다. 더 노력해서 잘해주고 싶다. 함께 하는 시간이 정해진 만남은 늘 아쉽다. 1분 1초가 소중할 수밖에 없다. 반려동물뿐 아니라 사람의 생애주기도 모두 다르고, 관계의 주기는 더 변화무쌍하다. 소중한 사람에게 그리고 나에게 정말 중요한 게 무엇인지 끊임없이 질문해야 한다.

엄마를 보내고 10년 동안 후회한 건, 엄마와 더 많은 시간을 보내지 못한 것이다. 더 많이 사랑한다고 말하지 못한 것이다. 엄마는 항상 내 곁에 있을 줄 알았다. 시간은 영원할 줄 알았고, 수술하고 치료받으면 퇴원할 수 있을 거라고 생각했다. 이전에 심장병 수술을 하셨지만, 그 이후론 일도 하시고 건강하셨다. 그렇게 급하게 이별의 순간이 올 거라고는 예상하지 못했다.

그래서 난 지금도 TV에서 환자에게 "1달밖에 못 삽니다." 하는 의사의 대사를 들을 때마다 '저 가족들은 그나마 행복하겠다.'고 생각한다. 지극히 개인적인 기억 때문이다. 함께 할 시간이 정해져 있기에 하고 싶은 것을 해볼 수 있고, 하고 싶은 말도 전할 수 있다는 게 너무 부러웠다. 아쉬움은 미련으로 쌓이고 문득 후회가 심장을 찌를 때가 많다.

시간의 농도는 모두에게 같을 수 없다. 어떤 관계는 다크 초콜릿처럼 찐해서 서로에게 집중하기도 하지만, 그 집중이 과해서 집착으로 변하기도 한다. 또 어떤 관계는 너무 묽어서 마치 원래부터 서로가 섞여 있지 않았던 것처럼 보인다. 서로의 다름을 인정해야 옳지만, 때론 그 묽은 투명함이 섭섭함으로 다가올 때도 있다. 생전의 엄마와 나는 어떤 농도로 시간을 보냈을까.

숙종을 그리워한 금손이

조선 시대 숙종이 애묘가이자 집사였다는 것은 유명한 일화이다. 숙종은 아버지 현종의 묘를 참배하던 중 어디선가 나타난 고양이를 데리고 궁으로 왔다. 몸에서 노란빛이 도는 것을 가리켜 '금색의 자손' 금손이라고 지었다. 숙종은 직접 밥을 먹이고 어전회의에 옆에 둘 정도로 금손이를 예뻐했다.

60세의 나이로 세상을 떠난 숙종을 그리워하던 금손이는 밤낮으로 울부짖으며 주인을 찾아다녔다. 더는 목소리가 나오지 않자 식음을 전폐하고 2주 후 숙종의 뒤를 따라갔다. 비석은 없지만, 인원왕후의 명으로 숙종의 묘 옆에 묻혔다고 전해진다.

가끔은 예상하지 못한 무언가가 내 인생에 들어올 때가 있다. 그 존재는 시나브로 소중한 존재가 되고 특별한 의미가 되기도 한다. 나한텐 상수가 그렇다. 이제 상수가 없던 시간으론 다시 돌아갈 수 없다. 아니, 돌아가고 싶지 않다. 상수를 만나고 동물을 사랑하게 되고 좋은 사람들을 너무 많이 만났다.

나보다 어린 생명체를 돌보는 것에 우월감이 아닌 너그러움을 배웠다. 상수 사진으로 만든 달력으로 버려진 동물들을 도울 수 있었고, 소외된 모든 것들과 공존해야 함을 알았다. 내게 주어진 특권은 내가 잘나서가 아님을, 그래서 나눠야 하고 베풀어야 한다는 것을 잊지 않으려고 노력한다. 상수를 만나고 천천히 조금씩 난 괜찮은 인간이 되고 있다.

"눈에 우주가 있네." 어느 할아버지 손님께서 상수의 눈을 보며 하셨던 말이다. 누군가에겐 무서운 상수의 뾰족 눈이 할아버지에겐 우주로 보인다. 멍때리기를 좋아하는 상수의 눈을 자세히 보려면 얼마든지 볼 수 있다. 스쳐보지 말고 제대로 견(見)해 보면 안부를 물어봐 주고 사랑한다고 얘기해야 할 것들은 많다.

나의 '요물', 고양이

이름:김상수
직급:상무
성별 :남자였음
현재 다이어트 중
(간식금지)
고양이 상수가 살아요.
매너 있는 반려동물 친구들과
모든 장애 보조견 환영해요.

오늘도 처음 온 손님이 주문하려다 카펫 위의 상수를 보고 기겁했다. 손님은 상수를 보고 놀라고 상수는 손님의 소리에 놀라 도망가고. 이런 일이 자주는 아니지만 종종 일어난다. 상수 사진을 입구에 붙여놨지만, 모르고 들어오시는 분들이 꽤 있다.

커피는 마시고 싶은데 고양이가 무섭다는 손님이 오면 상수를 뒷공간으로 분리하거나 2층에 올려놓는다. 다행히 우리는 건물 전체를 다 쓰고 있고, 상수가 호시탐탐 노리는 공간이 너무나 많기에 가능한 일이다. 그래도 고양이를 싫어하는 게 아니고, 무서워하는 거라 그나마 다행이라는 생각은 든다.

시대가 많이 변하긴 했지만, 아직 고양이를 싫어하는 사람들이 많다. 서양에서는 미신이지만 검은고양이가 나타나면 곧 죽음이 임박한다는 속설도 있다. 음침하다고 느껴지는 '검은색' 때문인데, 유기묘 보호소에 검은색 고양이가 특히 많은 이유다. 지금도 TV에서 소름 돋거나 음침한 장면에서 고양이가 갑자기 나타나 사람을 놀라게 하는 모습이 종종 연출된다. 그런 고양이가 우리나라에서 환영받기 시작한 건 얼마 되지 않았다.

나만의 세상을 알고, 즐기는 능력

고양이는 정말 '요물'일까? 실제로 몇몇 다른 나라에서는 환영받는 동물이다. 일식집 계산대에 한쪽 손만 흔드는 고양이 인형을 누구나 본 적 있을 것이다. 복을 부르는 고양이 '마네키 네코'인데 만사형통을 기원하는 의미로 일본에선 쉽게 볼 수 있다.

동남아시아, 특히 베트남에서 고양이는 지혜롭고 고마운 동물이다. 잡곡을 탐내는 쥐를 잡아준다고 생각하기

때문이다. 그래서 베트남의 12간지에는 토끼가 아닌 고양이가 들어가 있기도 하다. 이집트에서는 고양이를 신처럼 여긴다. 고양이를 죽이면 사형에 처할 정도다. 고양이가 악마를 물리칠 만큼 용맹하다고 믿었고, 신의 대리인으로 추앙하기도 했다. 심지어 죽으면 미라로 만들기도 했는데, 동전에도 고양이가 그려져 있을 만큼 숭배심이 대단했다.

고양이는 '요물'이다. '요물'의 사전적 의미는 요망스러운 것, 간사하고 간악한 사람을 말한다. 그런데 사실 '요물'은 다른 의미가 하나 더 있다. 바로 '여물'의 제주도 방언인 '요물'이다. 강원도 횡성에서 자란 나는 아빠가 볏짚을 썰어 축사 소에게 주는 모습을 보며 자랐다. 아빠는 볏짚을 '여물'이라고 불렀는데 '여물'의 다른 말이 '요물'이었다. 흙을 벽에 바를 때도 '요물'을 썼다. 흙을 이길 때 바른 후에 갈라지지 말라고 섞는 짚도 '요물'이다.

갈라지지 말라고 섞는 흙에 넣는 짚, 요물. 그런 의미라면 상수는 너무나 '요물'이다. 상수를 만나기 전 나는 우울한 날들이 많았다. 그냥 많이 지쳐 있었다. 같은 일을 너무 오래 했더니, 내 마음이 갈라지려고 했다. 그때 나를 원래대로 돌아오게 만든 건 상수의 역할이 크다. 그 사실은 누구도 부정할 수 없다. 그때 나에게 상수는 마치 햇살 같았다. 일단 너무 귀여웠고, 처음 키워본 고양이의 습성은 너무나 매력적이었다. 자기만의 세상이 있으며 그걸 즐길 줄 알았다. 그런 상수를 보다 보니 오히려 의미 없는 것들을 내려놓는 것이 가능해졌다.

진짜 나를 찾은 느낌이었다. 나를 지키기 위해서는 나를 충분히 알아야 한다는 것도 배웠다. 내가 진짜 좋아하는 것은 무엇일까? 나는 어디에 있을 때 누구와 있을 때 가장 안심이 되고 편안할까? 어떤 감촉이 나를 행복하게 만들고 어떤 노래가 지금의 내 마음을 딱 표현해주고 알아줄까? 내가 좋아하는 공간은 어디고, 같이 있으면 용기가 나는 사람은 누구일까? 상수는 스스로에 대해 정확히 아는 듯하다.

제자리로 돌아오게 만드는 요물

나를 지키기 위해서는 나의 요물이 무엇인지 알아야 한다. 그리고 한 가지 더. 좋아하는 것들을 통해 자기 감각은 찾되, 타인의 욕망에 따라가지 않도록 해야 한다.

나는 제주도에 가면 바다보다 숲이나 나무 보는 걸 더 좋아한다. 서귀포에 '큰엉해안경승지'라는 곳이 있다. 커다란 바위덩어리들이 바다를 삼킬 듯 입을 벌리고 있는 언덕이다. 해안 절벽에 푸른 바다와 어우러진 산책로에는 제주도에서만 볼 수 있는 신비한 나무들이 있다. 넝쿨이 마구 엉켜 마치 숲의 정령이 나올 것 같은 아름다운 숲길이다.

처음 그 길을 지날 때 당황했던 기억이 있다. 산책길 끝에 사람들이 잔뜩 줄을 서 있었다. 뭘 파나? 싶어서 물어보니 숲에서 바다를 바라보는 방향으로 우리나라 지도 모양의 포토존이 있었다. 산책을 멈추고 나도 자연스럽게 줄을 서서 사진을 찍고야 말았다. 왠지 그래야 할 것 같았다. 찍자마자 이렇게 말했다. "됐어! 찍었으면 됐어! 가자!"

생각해보면 인스타그램, 페이스북을 하면서 이왕이면 약속 장소로 사진 찍기 괜찮은 곳을 우선순위에 두는 것 같다. 요즘은 구체적 실체보다 이미지가 더 큰 영향을 발휘하니까. 내가 있고 SNS가 있는 것이 아니라, SNS를 위해 나를 만드는 것. 우리는 어쩌면 '이미지'를 만드느라 진짜를 잃어버리고 있는 건 아닐까. 타인이 원하고 좋아하는 욕망을 따라가기에 너무 쉬운 세상에서 살고 있다.

20년 동안 감정관리 강의를 했던 내가 고양이 책을 쓴다고 했을 때 반응은 딱 반반이었다. 너무 좋아하는 사람 반, '갑자기 고양이?'하며 이상하게 보는 사람 반. 나는 고양이가 좋다. 상수를 보는 것만으로 행복하고 위로받는데 굳이 남들 신경 쓰느라 어설픈 자기계발서를 쓰고 싶지 않았다.

누구나 삶의 길을 잃고 헤맬 때 다시 그 자리로 돌아오게 만드는 요물이 있다. 아마 당신에게도 있을 것이다. 없다면 만들면 된다. 천천히, 하나씩, 점점 더 많이.

행복하지 못하다고 느낀다면

핑크색 이름표를 목에 달고 잠든 상수를 바라보다 웃음이 나왔다. 세상 평온하게 잠든 상수가 가진 거라곤 저 목줄 하나뿐인데, 나는 주렁주렁 뭐가 많지 않은가.

아침부터 몇 번이나 고민하고 고른 귀걸이와 십자가 목걸이, 오른손엔 그 목걸이와 세트인 반지, 왼손엔 결혼반지, 손목엔 애플워치까지 심히 과하다. 게다가 전날 배송받은 꽃무늬 원피스와 에어컨 바람에 추울까 봐 꾸역꾸역 들고 다니는 재킷은… 진짜 오버다. 가방도 있는데, 이건 뭐 열어보려니 벌써 숨이 막힌다. 사실 내 몸뚱이 하나 제대로 건사하기도 힘들다.

처음 상수에게 이름표를 달아줄 때 되게 미안했다. 왠지 족쇄 같았기 때문이다. 방해받고 싶지 않은데 그럴 수 없게 만드는, 마치 휴일에 울리는 업무 연락처럼 말이다. 그럼에도 이름표를 채운 건 몇 년 전 목줄을 풀어둔 상태에서 상수를 잃어버렸던 적이 있기 때문이다. 그때의 트라우마로 목줄이 풀려 있는 상수를 보면 불안한 감정이 먼저 든다. 그래서 최대한 예쁘고 답답하지 않은 디자인을 고르고, 자주 바꿔준다. 그래봐야 상수는 관심 없겠지만.

왠지 모르게 고양이는 자유로워 보인다. 자고 싶으면 자고, 숨고 싶을 때 숨을 수 있는 자기만의 공간이 있다. 무엇보다 애정을 구걸하지 않는다. 간식이 먹고 싶으면 치명적인 애교로 기어코 간식을 얻어내지만, 그 과정이 절대 처절하지 않다. 사람으로 따지면 그냥 배고프다고 말할 뿐이다. 심지어 상수는 집사가 간식으로 장난치려 하면 뒤도 안 돌아보고 가버린다.

상수의 소유물은 단지 이름표뿐이다. 심지어 그 이름표마저도 풀어주는 것을 좋아하니 이 녀석 진정한 무소유 아닌가. 가진 것은 사람이 더 많은데 목줄 하나 달고 있는 상수를 부러워하다니 뭔가 이상하다.

김상구예유♡

경험 부자 되기

행복하지 않다고 느끼는 것은 소유가 부족하기 때문이 아니다. 소유에 대한 욕망이 과도하기 때문이다. '욕망 충족 이론desire fulfillment theory'이 있다. 행복의 정도는 욕망을 충족시킬 수 있는 외부적, 상황적 조건에 비례한다는 것이다. 즉 욕망을 제어하지 못하면 소유만을 좇는 경주마 인생을 살게 된다. 무소유, 미니멀리스트, 버리는 삶은 요즘 흔하게 볼 수 있는 현상이다. 욕망 충족 이론으로 볼 때, 이러한 트렌드는 우리나라가 가진 소유에 대한 집착이 조금은 낮아지는 것 같아 긍정적으로 보인다.

소유와 행복이 비례하지 않는 가장 큰 이유는 무엇일까. 바로 '비교'이다. 자존감을 떨어뜨리는 최악의 방법이 비교인데, 소유는 비교하기가 너무 쉽다. 누군가보다 더 좋은 소유물을 갖기 위해 무언가 샀지만, 그보다 더 좋은 것을 가진 사람은 무조건 있기 마련이고, 나의 소유욕은 계속 커지기 때문이다.

"나는 지금 회사에서 힘들게 일하고 있는데 쟤는 호캉스 즐기네?", "우리 집은 몇 평인데, 내 차는 몇 cc인

데…" 특히 전혀 다른 누군가와의 비교보다 나와 비슷한 처지에 있는 사람과의 비교는 우울감을 느끼게 하는 원인이 되기도 한다.

'소유'보다 '경험'을 많이 하는 것이 좋다. '경험'은 비교에 강하다. 숫자나 능력이 아닌 개인의 가치로 평가되기 때문이다. 가치의 기준이 나에게 있기 때문에, 누군가의 가치가 더 비싸다거나 더 훌륭하다고 말할 수 없다.

나는 요즘 산책을 많이 하려고 한다. 가봤던 곳이 아닌 새로운 길로 말이다. 공간을 사는 욕망보다 공간을 눈으로 담아두고 걷는 경험을 하려 한다. 한 달에 한 번씩 '경험 가계부'를 써보는 것도 좋은 방법이다. 돈 내고 산 물건이 많은지, 경험이 많은지를 적어보는 것이다. 꿈을 위해 무언가를 배우고 그 과정 속에서 성공이든 실패든 멋진 경험을 해보는 것이다.

요즘 소원해졌던 친구에게 먼저 연락해서 함께 등산을 가는 것도, 사랑하는 사람과 고즈넉한 커피숍에서 음악을 듣는 것도, 동네를 거닐며 예쁜 곳을 구경하고 체험하는 것도, 경험은 소유를 이긴다.

상수는 이제 이동하는 것을 좋아하지 않는다. 아마 새로운 장소에서의 경험은 힘들 것이다. 하지만 호기심이 많아 지금의 공간에서 조금 더 재미있고 흥미로운 경험을 하려고 시도한다. 따라다니는 집사는 힘들지만, 뭐든 경험하려는 상수의 눈은 항상 빛난다. 아주 기특하다.

나도 욕망을 채우기 위한 소유보다 내가 좋아하는 것을 분명히 알고 그것을 경험하는 것에 집중하고 싶다. 언젠간 상수를 보며 부럽다고 말하지 않게 되는 순간이 오지 않을까.

"너무 일에 빠져 있었던 거 아닐까?"

개에게 산책이 중요하다면 고양이에게는 놀이가 중요하다. 고양이에게 놀이는 사냥하고 붙잡고 숨는 과정이다. 꼭 격하게 놀지 않아도 사냥감을 따라다니거나 관찰하는 것만으로 스트레스가 풀린다.

흔히 포스트잇만 던져줘도 바로 반응하는 고양이가 있는 반면, 상수는 놀이를 시작하기까지 준비시간이 필요하다. 이거 놀아? 말아? 한참을 간보다가 앞발로 툭툭 치며 반응을 보인다.

상수와 놀면 나만 신나고 나만 힘들고 나만 흥분된 것 같은 기분이 든다. 내가 상수랑 놀아주는 게 아니라, 상수가 나랑 놀아주는 것 같다. 어떤 날은 누워서 몸은 안 움직이고 목만 돌리는 경우도 많다. 노는 시간이 그리 길지도 않다. 금세 흥미를 잃곤 한다. 그럴 때는 자기도 너무 빨리 끝낸 게 민망한지 그루밍으로 귀엽게 상황을 모면한다.

누구에게나 타이밍은 정말 중요하다. 고양이라고 별반 다르지 않다. 나는 보통 바쁜 업무가 정리되고 커피 마시며 한숨 돌릴 때쯤 자연스럽게 상수를 찾는다. 일단 상수 앞에 무턱대고 장난감을 들이댄다. 그때마다 상수의 표정은 "들이대지 마!" 이런 느낌이라고 해야 하나. 그 시간이 상수가 딱 잘 시간이기 때문이다. 시큰둥한 표정의 상수에게 장난감 여러 개를 종류별로 돌아가면서 놀아주다 보면 "애쓴다…."라고 토닥이듯 한 번 정도는 반응해준다.

반대로 상수가 놀고 싶을 시간엔 내가 피곤하다. 상수가 아무리 카페냥이라고 해도 야행성이라 오후 6시 이후에 에너지가 올라가는데, 나는 쉬고 싶은 타이밍이다. 그때는 또 장난감 하나 없이 숨바꼭질만 해도 금세 반응을 보인다.

더 놀자, 제발 놀자

어렸을 때와 다르게 어른의 놀이는 조금 다른 의미로 다가오는 것 같다. 지금은 많이 내려놓았지만 불과 몇 년 전까지만 해도 나는 '노는 것'에 죄책감이 있었다. 취미 생활이 사치처럼 느껴지기도 했다. 그동안 쌓아온 노력과 경력들을 멈추면 큰일이라도 날 것처럼 쉼 없이 살았다. 후회하지는 않는다. 하지만 누군가 "다시 20대 돌아가면 무얼 하고 싶으세요?"라고 묻는다면 조금 더 놀고 싶다고 말할 것 같다.

그럼 돈은 언제 버냐고? 언제 취업하냐고? 걱정하지 않아도 된다. 우리는 이미 놀려고 해도 못 노는 환경 속에 살고 있고, 선택하지 않아도 이미 수많은 경쟁 속에 놓여 있다. 아무리 놀아도 삶을 지속할 수 있는 내력이 이미 장착된 것이다.

저널리스트 마이클 브린은 한국을 이렇게 표현한다. 일하는 시간 세계 2위, 평균 노는 시간 세계 3위의 잠 없는 나라, 가장 단기간에 IMF를 극복한 나라, 인터넷 초고속 통신망이 세계에서 가장 빠르게 발전한 나라, 세계 각국 유

수 대학의 우등생 자리를 휩쓸고 있는 나라라고 말이다.

아주대 심리학과 김경일 교수는 유대인도 놀란 한국인의 특성으로 '부지런함'을 꼽았는데, 놀이동산에서도 부모는 아이에게 더 열심히 놀라고 혼낸다고 한다. 쉬려고 유럽 여행을 가서도 새벽 4시에 일어나 몇십 개의 관광지를 돌아다니는 게 한국인이라고 말했다.

어쩌면 엄청난 경제성장을 이끈 이 부지런함의 이면에 더 잘해야 한다고, 쉬면 안 된다는 무의식이 씨앗처럼 자라고 있는지도 모른다. 퇴근 후 몇 시간과 주말, 그 잠시의 휴식을 두고 이 정도면 충분히 쉬었다고 합리화하고 있는지도.

내가 진행하는 감정관리 교육 중에 '놀이테라피'라는 수업이 있다. 별 거 아니다. 젠가를 하고, 종이로 공을 만들어 통에 넣고, 빙고판에 연예인 이름을 쓰고, 한지로 부채를 만들고, 색종이로 배를 접는다. 나는 이 놀이를 직장인 마음관리 방법으로 쓰고 있다. 다 큰 어른들에게 어린이집이나 유치원에서 하는 놀이를 하라고 하는 것이다.

그런데 반응은 정말 좋다. 왜일까? 유치한 방법이지

만 바쁜 일상을 잠시 내려놓을 수 있기 때문이다. 놀이에 집중하는 동안 판단하고 결정하던 이성의 뇌를 잠시 쉬게 하는 것이다. 물론 놀이 중에도 굳이 다른 사람보다 잘하려고 하는 사람도 있다.

당장 놀고는 있지만, 이 시간이 끝난 이후가 걱정되어서 집중을 못 하는 사람도 많다. 판을 깔아줘도 편하게 놀지 못하는 모습이 조금은 슬프다. 그래도 대부분은 웃고 떠들고 뭔가 개운하다고 말한다. 시간이 어떻게 갔는지 모르겠다고 어이없어하며 웃는다.

더 놀자. 제발 놀아달라고 부탁해도 놀지 못할 만큼 일을 중요하게 생각하는 사람이라면 더더욱 놀아야 한다. 일과 성공이 중심축이 되어 삶이 돌아간다면, 의식적으로라도 놀아야겠다고 살짝 바꿔보는 건 어떨까. 나태하고 게으른 것이 아니다. 인생의 어느 시점에만 느낄 수 있는 즐거움이 있다. 그것을 적극적으로 찾아야 한다. 온전히 뇌를 쉬게 만들 수 있는 몰입의 경험을 말이다.

쉽게 질리는 상수에게는 다행히도 놀아주는 것이 너무 즐거운 집사들이 있다. 그래서 뚱냥이지만 근육질의 몸을 가졌고, 위에서 보면 허리가 쏙 들어가 있다(반드시 위에

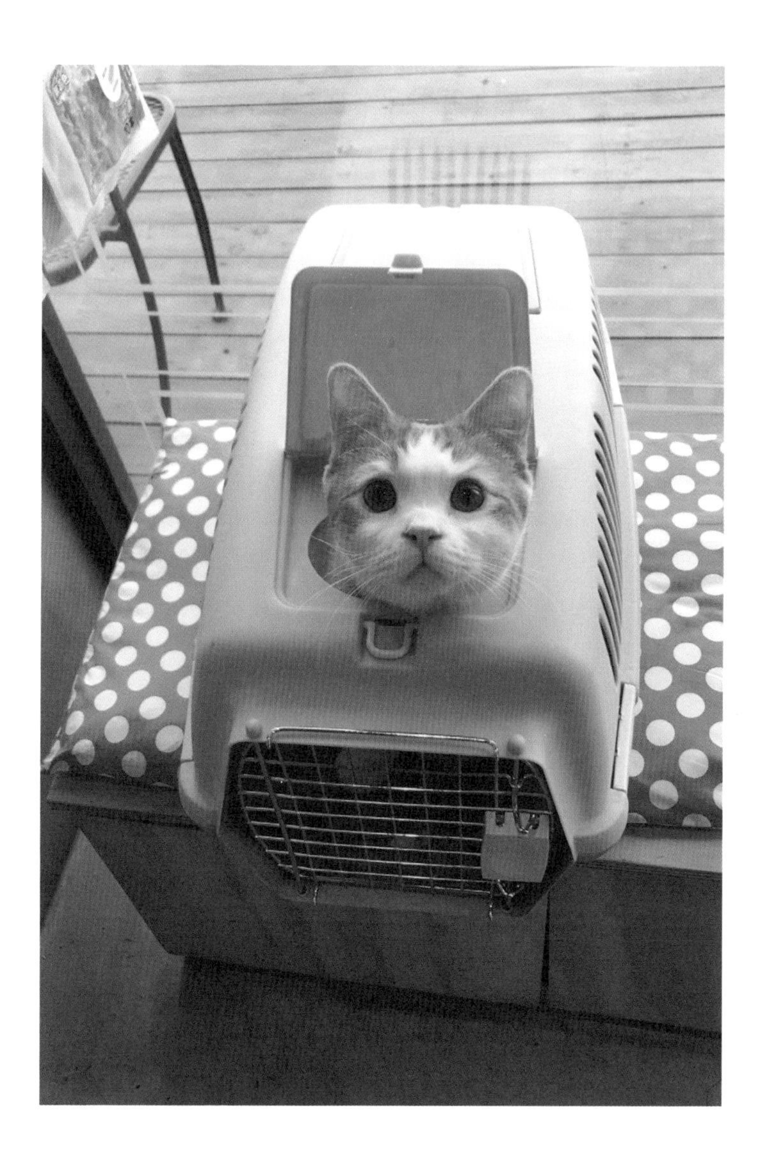

서 봐야 한다). 상수가 건강을 유지할 수 있는 비결은 적절하게 놀고 있기 때문이 아닐까.

주위를 돌아보자. 나와 노는 사람이 많은지 아니면 경쟁과 성공을 이야기하는 사람들이 많은지. SNS를 열어보자. 쉼을 이야기하는 사람들이 많은지 성공을 말하는 사람들이 많은지, 그 안에서 나는 어떤지 말이다.

상수가 쉬고 싶어도 장난감을 들이대는 집사가 있는 것처럼 나의 중심축이 일과 성공에만 가 있을 때, 내 시선을 돌려줄 사람들이 필요하다. 우리는 더 놀아도 된다.

팬데믹을 이기는 고양이 백신

카페에서 직접 내린 커피를 마시며 여유롭게 상수를 바라보는 건 나의 점심 루틴 중 하나다. 상수는 내가 주인인 건 까먹어도 츄르 주는 사람인 건 기가 막히게 기억한다. 카페에 들어서면 상수가 야옹거리며 다가오는데, 가끔은 그 소리가 "야~~"로 들리곤 한다. 그럴 땐 아무리 급해도 반말은 하지 말자며 받아친다.

반면 츄르는 물론 열빙어 대가리도 없음을 인지하면 빛보다 빠르게 사라진다. 어슬렁어슬렁 카펫으로 가서 식빵 굽는 자세로 내 눈길을 피하는데, 귀엽다는 말이 절로 나온다. 상수의 미친 귀여움을 만끽하는 건 너무 행복한 일이다.

고양이가 세상을 구한다? 나는 상수를 키우면서 고양이 덕후들이 만들었을 이 말의 뜻을 자연스럽게 알게 되었다. 귀여움은 세상을 구한다. 고양이는 귀엽다. 심지어 상수는 좀 많이 귀엽다. 적어도 상수 인스타 팔로워 1,800분은 동의해줄 거라 믿는다.

일단 상수는 커서 귀엽다. 임신했냐는 오해를 받긴 하지만(수컷이다…) 왕 크니 왕 귀엽다. 특히 깨물어버리고 싶은 왕만두 같은 발이 포인트다. 그 왕발로 장난감을 잡으려고 펄쩍펄쩍 뛸 때는 심장이 아플 정도로 귀엽다. 구석진 곳에 숨어 있다가 집사에게 들키면 "여기 왜 왔어!" 하는 표정으로 눈이 네모가 되는데, 살짝 억울하기도 한 표정은 평생 소장 각이다.

곤히 잘 때 코 고는 소리도 귀엽지만, 살짝 윗입술이 들린 상태로 자는 것도 미치도록 귀엽다. 식빵 자세할 때 손을 내시처럼 모으는 것도 귀엽고, 그 귀여운 손에 침 묻혀 야무지게 세수하는 것도 귀엽다. 안 자면서 살짝 자는 척하는 것도 귀엽고, 내가 있는 줄 알면서 못 본 척 걸어가는 것도 귀엽다. 창문에 앉아서 빨리 문 열라고 무서운 눈빛으로 노려보는데 하나도 안 무섭고 그냥 귀엽다.

고양이가 세상을 구한다?

코로나로 힘들었던 우리에게 고양이의 '미친 귀여움'은 엔데믹 블루 치료제가 아닐까. 실제로 영국의 리즈대학에서는 '귀여운 동물이 인체에 미치는 영향'이라는 주제로 재미있는 연구를 진행했다.

참가자들에게 30분 동안 귀여운 동물 영상을 시청하게 했는데 영상에는 새끼고양이, 새끼강아지, 새끼고릴라가 나왔다. 그 영상을 본 실험대상자들은 실제로 혈압, 심박수가 안정되고 불안 지수가 35% 감소하는 결과를 보였다. 귀여운 동물을 보는 행위가 스트레스와 불안을 줄여준 것이다.

불안은 위기 상황을 벗어나기 위해 인간에게 꼭 필요한 감정 중 하나이다. 만약 당신이 지금 팬데믹으로 극심한 불안감을 느낀다면 스스로 전염병에 걸릴 위험률을 낮추고 있다는 증거다. 다만 불안감이 내 삶을 지배하게 놔두어서는 안 된다. 불안이 심해지면 공포가 되고, 공포가 심해지면 공황장애의 원인이 되기도 한다. 건강하고 긍정적인 방법으로 불안이라는 감정을 조절해야 한다.

불안은 막연한 공포다. 대상을 구체화하기가 힘들다. 불안을 느끼지 않을 최고의 방법은 원인을 찾는 것이다. 막연함을 구체화하는 게 포인트다. 내가 왜 불안한지 천천히 글로 적어보고, 당장 할 수 있는 것은 해치운다. 적으면서 구체화하는 것만으로도 불안감은 줄어든다.

상수의 카페 탈출을 미연에 방지하려면, 상수를 카페에 두지 않아야 한다. 하지만 상수는 카페를 너무 좋아한다. 그래서 우선 할 수 있는 걸 하기로 했다. 카페 입구에 이중문을 설치하고, 혹시라도 복도에 나갔을 때 외부 출입구로 나가지 않게 또 하나의 문을 설치했다. 그러고 나니 조금 마음이 편해졌다. 불안이라는 큰 덩어리를 쪼개는 기분이었다.

불안을 없앨 수 없다면, 불안 따위가 내 일상과 마음을 송두리째 삼켜버리지 않도록 할 수 있는 일이 하나쯤은 있지 않을까. 일단 상수의 저세상급 귀여움을 만끽하며, 세상은 모르겠고 내 마음부터 구해보는 건 어떨까.

각자 사랑을 표현하는 방식

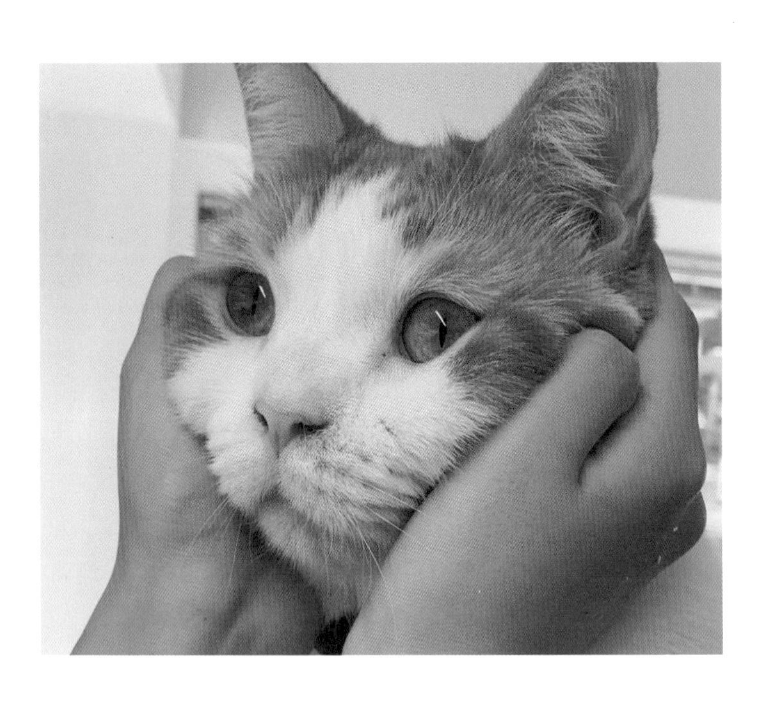

우리 카페에는 또 다른 집사라고 표현해도 무방할 정도로 상수를 좋아해주시고 아껴주시는 손님들이 많다. 그런 의미에서 상수는 행복한 고양이다.

늘 혼자 오는 척척형아는 이틀에 1번은 꼭 카페에 들른다. 잠깐 왔다가도 카페에 무언가 고장 나면 척척 고쳐주고 가는 단골손님이다. 일단 카페에 들어오면 먼저 상수를 찾고 상수와 눈을 맞춘다. 상수가 자고 있거나 다른 손님들과 있을 때는 흐뭇하게 바라보며 물러서 있다.

척척형아가 오면 상수는 "형~ 왔어?"라고 말하듯, 주문하고 자리로 가는 형아를 따라 들어간다. 형아는 항상 푹신한 빈백에서 책을 읽거나 핸드폰을 보는데, 상수는 그

곳으로 어슬렁어슬렁 걸어가 형아를 빤히 쳐다본다. 일어나라는 거다. 형아는 어이없지만 익숙한 듯 일어나서 옆자리로 간다. 기다렸다는 듯 상수는 형아가 앉았던 자리에 자리를 잡는다. 그 옆에서 그루밍도 하고 형아를 쳐다보기도 하는데 아주 세상 절친이 따로 없다.

항상 따뜻한 아메리카노를 주문하는 간식누나는 다양한 간식을 가져온다. 조용하고 차분한 목소리로 간식 줘도 되냐고 물어보고는 새로운 간식으로 상수를 유혹한다. 간식이라고는 츄르밖에 몰랐었는데, 그 손님 덕분에 상수가 열빙어 좋아하는 걸 알게 되었다.

얼마 전 카페에 간식누나와 내가 같이 앉아 있었는데 상수는 고민하지도 않고 간식누나에게 가버렸다. 자주 볼 수 없는 나보다는 매일 와서 간식 주는 누나를 더 좋아하는게 당연하다. 조금 서운하긴 해도, 내가 주지 못한 사랑을 주시는 것 같아 항상 감사하다.

열정형아는 처음부터 상수에게 적극적이었다. 카페에 오면 귀엽다는 말을 무한반복하며 상수를 쓰다듬는다. 처음엔 상수를 들어올리기도 하셔서, 고양이가 안기는 걸 좋아하지 않아 물릴 수도 있다고 말씀드렸다. 그랬더니 고

양이에 대해 잘 몰랐다고 더 알려주실 게 있으면 알고 싶다며 적극적으로 애정을 표현하기도 했다.

이외에도 상수보다 어린 꼬마 손님들부터 할아버지 손님까지 다양한 방식과 표현으로 상수를 아끼고 사랑해주신다. 자기를 사랑해주는 사람이 많은 카페를 상수가 좋아하는 건, 어쩌면 당연할지 모르겠다.

다섯 가지 사랑의 언어

사랑을 표현하는 방식은 사람마다 다르다. 무엇이 정답이라고 말할 수는 없겠지만, 상대방의 방식을 알고 있다면 조금 더 성숙한 사랑을 할 수 있을지도 모른다. 상담가 게리 채프먼은 사랑을 주고받는 언어를 5가지로 설명한다.

첫 번째는 '인정하는 말'이다. 부부의 이혼을 다룬 프로그램에서 남편의 폭언으로 이혼을 결심한 아내의 인터뷰를 본 적 있다. 남편은 아내에게 인격 비하는 물론 욕도 서슴없이 했다. 아내를 인터뷰하면서 남편에게 어떤 말이 듣고 싶냐고 물으니 욕만 안 했으면 좋겠다고 한다. 고생했

다는 말이 듣고 싶지 않냐고 했더니 말없이 눈물만 흘린다. 부부가 싸우거나 이혼하는 가장 큰 문제는 '대화'일 때가 많다. 칭찬하는 말이나 인정 그리고 감사의 표현은 사랑을 전달하는 가장 강력한 도구 중 하나이다.

두 번째는 '함께하는 시간'이다. 예전에 모임에서 만난 언니가 남편에게 불만이 있는 건 아닌데 이상하게 같이 있어도 외롭다는 말을 한 적이 있다. 스마트폰이 제7의 장기가 되어버린 요즘. 밥을 먹으면서 각자 핸드폰만 보는 건 흔한 장면이다. 함께하는 시간은 단순히 어떤 공간에 같이 있는 것이 아니라 함께 있는 시간 동안 온전히 상대방에게 관심을 가지는가를 말한다.

세 번째는 '선물'이다. 비싸진 않아도 센스 있고 감동을 주는 선물이 있다. 친한 동생에게 생일선물로 화장품 가방을 받은 적이 있다. 웃을지 모르겠지만 나는 평소에 화장품을 지퍼팩에 넣어 다닌다. 잘 보이고 깨끗하고 무엇보다 편하다. 보통 사람들은 그걸 보고 기겁하는데, 친구랑 여행을 갔을 때 그 친구도 화장품을 지퍼팩에 넣어 다니더라. 참 '끼리끼리'라는 생각이 들었었다.

아무튼 그 친한 동생은 지지리 궁상인 언니가 짠했는지 속이 비치는 재질의 화장품 가방을 선물로 줬다. 선물을 받았을 때 웃음이 먼저 났고, 살짝 감동이기도 했다. 누군가에게 관심이 있기 전에는 줄 수 없는 선물이 있다. 평소에 흘려서 얘기한 말 한마디, 행동 하나를 기억해서 건네는 선물은 어떤 고가의 선물보다 감동으로 다가온다.

네 번째는 '봉사'이다. 사랑의 언어가 봉사인 사람은 누군가가 "사랑해." 혹은 "고마워."라고 말하면 "사랑한다면 설거지 도와줘."라고 말할 것이다. 말보다 행동이 중요한 사람들이 있다. 외식보다 집밥에 감동 받고, 내가 하는 일을 나눠서 해주는 것이 사랑의 표현이라고 생각한다. 어려움을 나누고 함께 책임지는 것이 사랑이라고 말한다.

마지막으로 '스킨십'이다. 해리 할로의 '원숭이 애착 실험'에서 철사로 만든 가짜 어미원숭이 2개를 놓고 새끼원숭이의 반응을 본다. 한쪽은 헝겊을 씌워 포근하게 만들었고 다른 하나는 철사 그대로 원숭이를 만들었다. 그리고 철사원숭이에게 모유를 먹을 수 있는 장치를 설치했다. 놀랍게도 새끼원숭이는 철사원숭이에게 가서 모유만 먹을 뿐 다 먹고 나면 헝겊을 씌운 원숭이에게 안겨 쉬는 모습을 보였다.

"안아줄까요?" JTBC 드라마 '멜로가 체질'에서 상수가 던진 대사에 은정은 "당신이 나를 왜 안아?"라며 소리를 지른다. 그때 상수가 말한다. "안으면… 포근해." 손잡고 포옹하고 머리를 쓰다듬는 스킨십은 상대방에게 사랑뿐만 아니라 포근함과 안정감을 느끼게 한다. 육체적 접촉은 비언어적으로 감정을 전달하는 가장 강력한 방법인 셈이다.

'보통'을 안다는 것

미리 커피값을 끊어놓고 다닐 정도로 자주 오는 탄이형아는 카페에 오면 상수와 최대한 멀찍이 떨어져 앉는다. 상수도 탄이형아를 썩 반기지 않는 것 같다. 서로 눈길도 주지도 않고 거리두기를 한다. 웃긴 게 고양이는 키우지도 않을 거면서 질문이 많다.

그날도 상수와 탄이형아는 거리두기를 하고 있었다. 그러다 탄이형아가 몸이 좀 안 좋다며 의자에 잠깐 누웠는데, 상수가 탄이형아한테 다가가서 뽀뽀를 했다. 물론 뽀뽀라기보단 코를 대는 거 같았는데 마치 "형아? 많이 아파?

괜찮아?"라고 묻는 거 같았다. 내가 알지 못했던 상수만의 표현 방법일까 싶었다.

'좋다'의 상위개념이 '사랑'이라고 생각한다. 너무 좋아서 '보통'의 수준을 넘어선 상태 말이다. 그렇기에 사랑이라는 단어를 쓰기 위해서는 보통을 알아야 한다. 보통을 안다는 것은 사랑할 준비가 되어 있다는 것이다.

보통을 건너뛰고 사랑으로 직행하면 다리가 3개인 의자처럼, 처음엔 어찌어찌 중심을 잡을 수는 있어도 결국 휘청거릴 수밖에 없다. 내가 사랑하는 사람에게는 어떤 표현이 보통인지, 그리고 그게 나에게 불편하지는 않은지 아는 것이 중요하다.

누구도 타인의 사랑을 비난할 자격은 없다. 대상과 방식이 다를지라도 자신의 선택이고 자유이다. 다만 정말 사랑하는 사람을 이해하고 존중하며 '상처 주지 않는 방법'을 알려는 노력은 보통 사람에게는 당연한 일이어야 하지 않을까.

상수와 거리두기 2.5단계

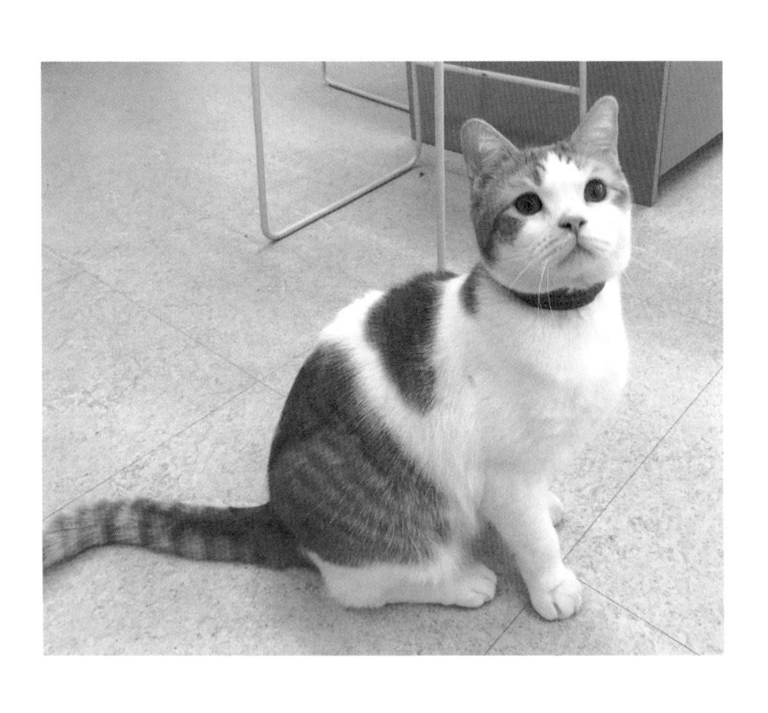

보통 고양이는 사람들이 가까이 다가오는 것을 선호하지 않는다. 상수 역시 마찬가지다. 사람들이 지나다니든 말든 배 보이고 자는 상수를 보면 "얘 완전 개냥이네." 소리가 절로 나오겠지만, 상수는 사실 개냥이가 아니다.

사람한테 관심이 없을 뿐이다. 사람만 보면 숨어버리는 예민함은 없지만, 갑자기 만진다거나 소리를 내면 귀찮아서 도망가고 어쩔 땐 물어버리기도 한다. 고양이의 습성과 본능을 가진 어쩔 수 없는 고양님이다.

상수의 관심을 받고 싶다면? 상수에게 관심을 주지 않으면 된다. 상수는 청각이 예민하고, 하루의 반 이상을 자는 데 사용한다. 당연히 시끄러운 걸 싫어한다. 자기를 귀찮게 하지 않는 조용한 사람을 선호한다. 한번은 굳이 고양이가 무서워 구석에 있던 손님에게 냄새를 묻히다 손님이 놀라 도망간 적도 있다. 자기에게 전혀 관심 없이 이야기 중인 손님의 무릎에 올라가 한참을 앉아 있던 적도 있다.

관심의 방향이 마음의 방향이다, 과연 그럴까. 상대방이 원하지 않는 과한 관심은 피곤함을 넘어 공포와 상처가 되기도 한다. 특히 사람 상대하는 일을 하고 있거나, 유난히 누군가를 챙겨주는 것에 익숙해져 있는 사람이라면 더더욱 그렇다. 가끔 상담 중에 영업일 하는 분들을 만난다. 대부분 과도한 일로 인한 고충을 털어놓곤 하는데, 하루 종일 너무 많은 사람을 상대해서 퇴근하면 말 한마디 하고 싶지 않을 때가 많다고 말한다. 관심을 준다는 것 그리고 받는 것이 때론 피곤하게 느껴질 때가 있다.

감정의 반대말은 없다

몸이 힘든 건 며칠 쉬면 낫는다. 하지만 감정적 에너지를 다 써버린 피곤함은 쉽게 낫질 않는다. 본디 관심이라

는 것이 나는 이만큼 잘해줬는데 상대방이 요만큼밖에 돌려주지 않으면 섭섭하다.

반면 내가 요만큼의 관심도 주지 않았는데 이만큼의 관심을 주는 사람은 좀 부담스러울 수 있다. 시각장애인에게 도와주겠다고 덥석 손을 잡는 건 도움이 아니라 위협이 될 수 있는 것처럼, 내 기준에서 일방적으로 주는 것이 중요한 게 아니다. 상대방이 원하는지가 중요하다.

과도한 관심이 피곤해 자발적 고립을 선택하는 사람도 있다. '고립'은 일상에서 쓰는 방어기제의 종류이다. 어떤 일에 관련되는 것을 거절하고 회피함으로써, 그로 인해 생길지도 모르는 정서적 긴장과 갈등 상황을 벗어나려는 것이다. 중요한 건 자기만의 세상으로 들어가는 고립의 방어기제가 악의적으로 반복되는 건 좋지 않다는 점이다.

부드러운 사람은 거친 사람과 거리를 두려 하고, 밝은 사람은 어두운 면을 가진 사람을 만나면 피하려 한다. 감정도 거리두기가 있기 때문이다. '부드럽다'와 거리두기하는 감정은 '거칠다'이다. '밝다'의 먼 거리에는 '어둡다'가 있고 '뜨겁다'는 '차갑다'와 거리두기를 하고 있다.

'부드럽다'와 '거칠다' 사이에는 수많은 감정이 있

다. 포근하다, 말랑말랑하다, 매끄럽다, 억세다, 뻣뻣하다 등 거리두기 속에서 표현되지 않은 감정은 무수히 많다. 그래서 비슷한 것 같아도 사람과 사람의 마음은 같을 수가 없다. 같은 나이, 같은 성별, 같은 동네에서 살았어도 다른 사연과 감정이 있기 마련이다.

단호한 사람이 세심할 수 있을까? 원래 단호했던 사람이 어떤 사건으로 세심해질 수도 있고, 원래 세심했는데 단호하게 바뀌었을 수도 있다. 감정은 동전 뒤집듯 간단한 것이 아니다. 상대방을 함부로 단정 짓고 나의 속도로만 다가갈 때, 누군가는 상처를 받기도 한다. 몸의 거리두기만큼 마음의 거리두기도 존중해주면 어떨까. 감정의 반대말은 없다. 거리두기가 있을 뿐이다.

별 거 없는 행복

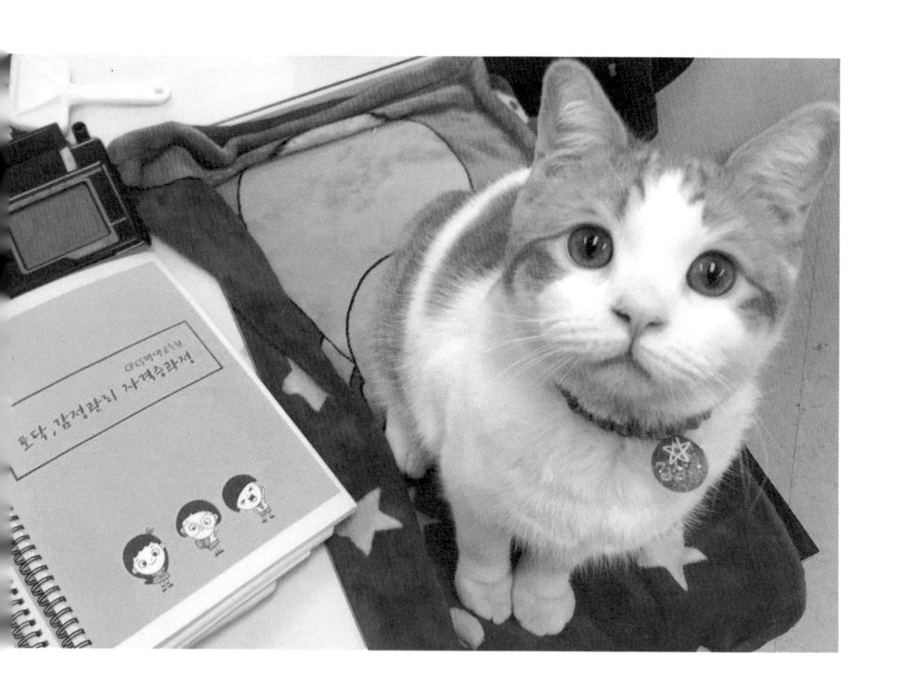
토닥, 감정관리 자격증과정

출근하면 귀가 얼마나 밝은지 계단에서부터 세상 서럽게 우는 소리가 들린다. 빨리 열어 달라는 거다. 문을 열어주면 뒤도 안 보고 카페로 뛰어 내려간다. 카페에서 밥도 먹고 한참 어슬렁거리다 이번엔 계단 쪽 문 앞에 목을 빼고 앉아 있다. 다가가면 냄새를 묻히며 빙빙 도는데, 또 열어 달라는 거다. 다시 올라가고 싶어서 저런다.

문을 열어주면 누가 쫓아오는 것도 아닌데 후다닥 3층으로 올라간다. 3층 문 앞에서 또 기다린다. 어떻게 하나 가만히 보고 있으면 스스로 열어보겠다고 무거운 몸을 들어 손잡이를 툭툭 건드린다. 그러다 3층 문이 열리면 너무너무 오고 싶었다는 듯 사무실로 쏜살같이 들어간다. 동생 아미와 코 인사를 하고 이것저것 탐색을 시작한다. 여기 계속 있는가 싶었는데….

몇 분 지나지 않아 다시 문 앞에 대기 자세를 하고 있다. 마치 자기를 왜 여기로 데려왔냐는 듯 불만 가득한 표정이다. 어이가 없다. "네가 오자 그랬잖아~" 얕게 타박하며 문을 열어주면 죄수가 탈옥이라도 하듯 뛴다. 허겁지겁 다시 1층으로 내려가는데 얼마나 빠른지 따라갈 수가 없다. 그렇게 1층 카페에 들어가는 걸 보고, 나는 올라가려고 하면 카페 안에서 또 빤히 쳐다보고 있다. 자기만 두고 어디 가냐는 표정이다.

도대체 이랬다저랬다 알 수가 없다. 물론 나 역시 하루에도 몇 번씩 마음이 오락가락한다. 아침에 일어나면 피곤함이 이루 말할 수가 없다. 그래도 주말에 꽃 농장에서 사다 놓은 노란색 목마가렛을 보니 마음이 금세 노랑노랑해진다. 세상 쉽다. 출근해서 카페 문을 여니 손님 자리 차지하며 자던 상수가 눈만 살짝 뜨고 너는 누구냐 하며 쳐다보는데 갑자기 살짝 섭섭하다. 나 몰라?

3시 미팅. 오랜만에 만난 거래처 대표님이 부암동까지 와주신 것도 감사한데 내가 좋아하는 와인을 선물로 주

셨다. 행복이란 게 참 별 거 없다. 겨우 커피 1잔 마시는 사이에 일거리를 잔뜩 가져다주시니 미팅 2시간 동안 감사한 마음이 차고 넘친다.

오후 일대일 강의 코칭이 시작됐다. 당장 다음 주가 강의고 2번이나 미룬 코칭인데, 너무나 태연하게 준비가 안 된 예비 강사를 보니 답답하다. 바빠 죽겠는데 다시 일정 조정해야 한다고 생각하니까 울화가 치민다. 마음을 달래고자 퇴근길에 애정하는 얼그레이 요거트를 샀다. 갑자기 세상 다 얻은 기분이다.

감정은 이름을 불러줘야 떠난다

사람의 마음에는 몇 개의 감정이 있을까. 그 감정을 몇 개나 표현하고 또 말할 수 있을까. 대학원 졸업논문으로 콜센터 상담원분을 모시고 실험논문을 썼다. 한참 감정노동 공부를 할 때여서, 현장에 계신 분들이 스스로의 감정을 얼마나 알고 표현할 수 있는지가 궁금했다. 지난 일주일 동안 나는 어떤 감정을 느꼈나요? 그 감정의 단어를 써볼까

요? 첫 수업의 첫 질문이었다.

제한 시간 1분을 드리고 '일주일 동안 자신이 느낀 감정 써보기'를 진행했다. 전혀 어렵지 않을 것 같지만, 의외로 어려워하는 분들이 많다. 일단 기억이 잘 나지 않는다. 내가 지난주에 뭐 했지? 무엇을 썼는지도 중요하지만 몇 개 썼는지도 중요하다. 8~10개 이상 쓰면 적어도 감정을 기억하고 인지하는 것이라 긍정적으로 본다. 평균적으로 4~5개 정도 쓰는데, 그 이하는 감정 공부가 필요한 분들이라고 본다.

어떤 단어를 썼는지도 중요하다. 짜증, 짜증, 짜증이라고 쓰면 일주일 동안 짜증이라는 하나의 감정만 느꼈다는 것이 된다. 부정 감정이 많은가 긍정 감정이 많은가. 보통 인간은 부정적인 일을 다시 겪지 않기 위해 부정 감정을 비교적 더 오래 기억한다. 절대 나쁜 게 아니다.

하지만 일주일 동안 부정적인 감정만 느낄 수는 없다. 우린 모두 '감정언어 불감증'이 있다. 감정의 단어를 써본 적이 없고 감정을 주의 깊게 객관화해보지 않았기 때문에 감정언어가 낯설다. 아니 생소하다. 갑자기 쓰라고 하니 당황스럽기만 할 것이다.

지난 일주일 동안 몇 개의 감정을 느꼈는가. 감정에 예민해지라는 것은 결코 아니다. 스스로 그 사건을 경험했을 때 어떤 감정을 느꼈는지, 최소한 이름을 불러줄 수 있어야 한다.

내가 아는 감정의 단어가 적으면 아는 단어 안에서 표현할 수밖에 없다. 아는 단어가 '화'밖에 없으면 조금만 부정적인 느낌이 들어도 쉽게 화를 낼 수밖에 없다. 감정은 이름을 불러줘야 떠나간다. 우울도 슬픔도 화남도 안타까움도 안 느끼려고 하지 말고 정확히 이름을 불러주면 된다.

스스로의 감정을 토닥여줄 때 부정 감정은 떠나간다. 그러면 그 안에 다시 긍정적인 감정으로 채우면 된다. 부정적인 감정을 비우고 긍정적인 감정을 채우는 것. 부정하는 것이 아니라 같이 가는 것. 감정은 없애는 것이 아니라 조절하는 것이다.

상담원분들에게 했던 것처럼, 상수에게도 감정을 직접 써보라고 할 수 있다면 얼마나 좋을까. 변덕쟁이 상수는 어떤 감정을 느끼고 있을까. 내가 고양이가 아닌 이상 상수의 감정을 온전히 읽어내기는 어렵다. 하지만 적어도 출근해서 빨리 문을 열어줄 때, 좋아하는 츄르를 챙겨줄 때, 좋아하는 빈백을 앉기 좋게 다져줄 때, 초록색 지렁이 장난감으로 놀아줄 때 상수는 행복해한다. 매일 그 '별 거 없는 행복'을 챙겨주는 집사가 되고 싶다.

함께 살아가는 방법

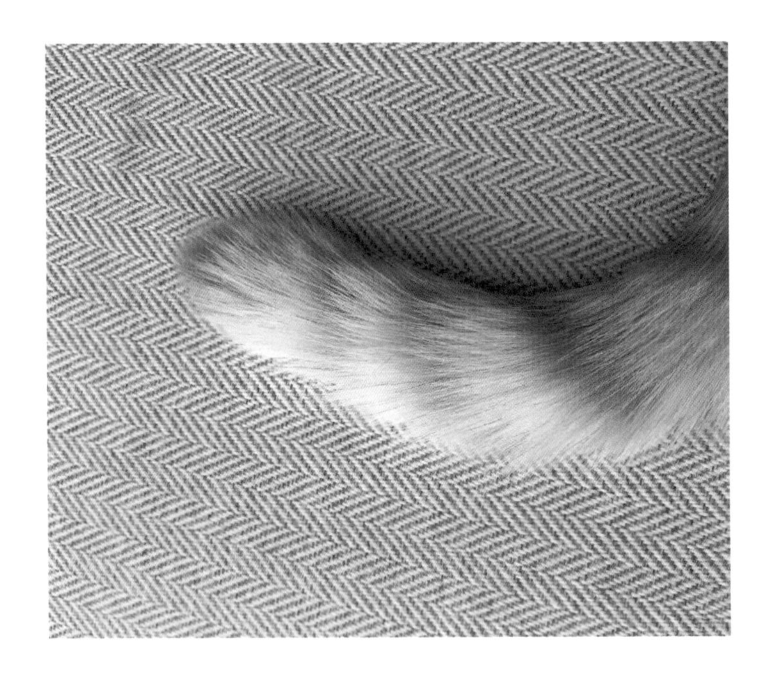

가끔 을지로에서 만난 노랑이가 생각난다. 몇 번이고 불러도 돌아보지 않고 자리를 피하던 노랑이. 먹을 것을 찾으러 나온 것일 텐데, 눈치 보며 사라지던 모습에 가슴이 아팠다. 자동차 밑, 버려진 박스 사이, 담벼락 구석에 아슬아슬하게 숨어 사는 아이들이 눈에 보인다는 건 정말 살기 위해 나온 것일 텐데, 술 취해 반갑다고 인사하다가 기어이 숨게 만들었다.

벌에 쏘여 죽었다는 뉴스는 봤어도, 고양이 때문에 죽었다는 얘기는 들어본 적 없다. 버려진 박스와 다 먹은 햇반 그릇에 조금의 물만 있다면, 어떤 특급 호텔보다 편하게 잠드는 아이들이다. 따뜻한 시선으로 바라봐주면 좋으련만… 길에서의 위험천만한 생활이 걱정될 때가 있다.

길고양이 혐오범죄가 만연하다. 차마 보기도 힘들 만큼의 학대로 자신의 분노와 혐오를 표현한다. 물론 그러한 차별과 혐오가 동물에게만 향하는 것은 아니다. 팬데믹이 시작되고 감염에서 오는 공포는 지역사회로 퍼지면서 혐오와 분노로 바뀌었다. 팬데믹이라는 핑계로 타인을 비난하고 혐오의 표현을 서슴지 않았다. 어느새 혐오는 일상 속으로 빠르게 스며들었다.

상수가 파양된 이유는 다른 고양이들과 달라서였다. 2번이나 파양된 상수가 나에게로 와서 또다시 파양되었다면, 그럼에도 상수는 지금처럼 카페를 좋아하고 사람을 좋아했을까. 상수가 지금의 상수가 된 건 상수 그대로를 좋아해 주는 사람들이 있었기 때문이다.

매일을 살아내려 애쓰는 모든 사람은 응원받아야 한다. 응원까지는 아니어도, 미워하지는 말았으면 좋겠다. 포용력은 다른 존재를 있는 그대로 받아들이면서 시작된다.

매일을 살아낸다는 것

상수의 하루는 별 거 없다. 먹고 자고 놀고. 세상 부러운 이 3가지가 상수 일상의 전부다. 내가 해줄 수 있는 건 이 단순함이 유지되게 하는 것이다. 자는 시간이 방해되지 않도록, 노는 시간이 충분하도록, 먹는 것이 부족하지 않도록. 이중 하나라도 균형이 깨지면 상수는 아프다.

상수가 비만이라는 청천벽력 같은 얘기를 들은 날 자율급식을 멈췄다. 밥의 양과 시간을 정할 수 있는 기계를 샀다. 매일 체중을 쟀고 더디지만 조금씩 살이 빠지는 것 같았다. 그런데 상수가 토를 하기 시작했다. 소화가 안 되나 싶어 사료도 바꿔보고, 습식과 건식을 나눠서 주기도 해보고, 급여 시간을 바꿔보기도 했다. 그래도 나아지지 않았다.

병원에서 찾은 원인은 공복시간이 너무 길다는 거였다. 시간을 맞춰서 밥을 주다 보니 밤에 아무것도 먹지 못했고, 아침에 밥이 나오면 배가 고파서 허겁지겁 먹으니 소화가 안 되고 토하는 것 같다고 하셨다. 결국 다시 자율급식을 하기로 했다. 토하는 것보다 살찌는 게 낫다고 생각했다. 작은 일상이 깨진 것뿐인데 상수에게는 너무 큰 변화였다.

평범함의 위대함

'○○아파트 승강기 교체 경축!' 동호대교를 건너다 한 아파트에 붙어 있는 현수막을 봤다. 아파트 승강기 교체가 저렇게 축하할 일인가? 순간 웃었지만 모를 일이다. 나에게 별 거 아닌 일이 그들에게는 별 거일 수도 있다. 오히려 남이 보기에 별 거 아닌 일을 저토록 축하하는 건, 지루한 삶에 작은 이벤트가 될 수 있다.

나이가 들고 시간의 속도가 너무 빠름을 체감한다. 새해 인사를 하면서 "이러다 곧 크리스마스겠어."라고 말한 순간은 정말 눈 깜짝할 사이 지나간다. 이러다 곧 죽을 것 같아 미치고 환장하겠다. 하루하루가 너무 소중한데 체력이 받쳐주질 않으니 더 빠르게 가는 것 같기도 하다.

몇 개 있지도 않은 운동모임은 만나자마자 다음 모임 날짜를 잡으며 시작한다. 그렇게 하지 않으면 순식간에 지나는 시간에 이끌려 만날 수가 없다. 노력하지 않으면 평범한 일상을 이어가는 것만으로도 벅차다는 생각이 드는 요즘이다.

놀라 쓰러질 만큼 엄청나게 대단한 일만 박수받을 축하는 아니다. 어쩌면 우리는 누군가 피식하고 웃을까 봐 작지만 소소하게 행복할 수 있었던 일도 무심코 넘어가는 건 아닐까. 꾸준함과 평범함이 나의 무기가 됐다. 내가 잘할 수 있는 건 평범함 속의 깨알 같은 발견이다. 대단하지 않아도 나름 보통의 순간을 매일 기록하려고 노력한다.

평범하지만 당연한 순간은 더 많이 기억되어야 한다. 아무 날도 아닌 날의 편지, 아무 날도 아닌 날의 선물, 아무 날도 아닌 날을 이야기할 수 있는 사람은 그런 당연한 날들 속에 피어난 꽃 같다. 보통의 일상은 모두가 꽃이다.

Why so serious?
HELLO, THERE!
WISHING YOU PEACE, LOVE, AND JOY ALWAYS.
뀨뀨???
WHAT'S UP DUDE?
WHAT'S UP DUDE?
WHAT'S UP DUDE?

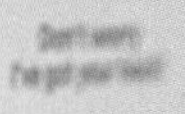

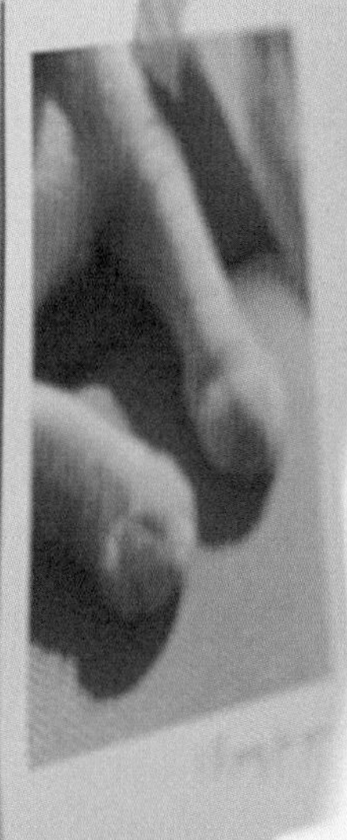

연중무휴 김상수

2022년 8월 17일 초판 1쇄 발행

지은이 김은혜
펴낸이 박시형, 최세현

책임편집 류지혜 **디자인** 박선향, 윤민지
마케팅 양봉호, 양근모, 권금숙, 이주형 **온라인마케팅** 신하은, 정문희, 현나래
디지털콘텐츠 김명래, 최은정, 김혜정 **해외기획** 우정민, 배혜림
경영지원 홍성택, 이진영, 임지윤, 김현우, 강신우
펴낸곳 비에이블 **출판신고** 2006년 9월 25일 제406-2006-000210호
주소 서울시 마포구 월드컵북로 396 누리꿈스퀘어 비즈니스타워 18층
전화 02-6712-9800 **팩스** 02-6712-9810 **이메일** info@smpk.kr

ISBN 979-11-6534-599-0 (03810)

• 잘못된 책은 구입하신 서점에서 바꿔드립니다.
• 책값은 뒤표지에 있습니다.
• 비에이블은 (주)쌤앤파커스의 브랜드입니다.